美與殉美

陳芳明

寫詩 讀詩 論詩

自序

美與殉美

陳芳明

對詩的迷信始於我青春的十八歲。從鄉下北上的青年進入歷史系時，似乎對所有的知識都抱持高度的好奇。在怎樣的情況下，我開始坐在文學院的窗口捧讀詩集，如今已不復記憶。只記得那時空氣裡傳染著潮濕的氣味。天空壓得很低，那種稍微帶著憂鬱的顏色，非常貼近體內的血液。讀詩之餘，覺得那種氣候引發我無窮的想像。開始讀第一行時，便覺得詩把我帶到非常遙遠的地方。那是我從未到達過的情境。而我相信，詩人確實是從那遙遠的地方帶回訊息給我。我從未預見那些詩行已經開始改造我生命的版圖，我永遠不會忘記那個秋天，置放在我手中的那本詩集，就是余光中的《蓮的聯想》。

詩人所創造的形式，無論是聲音、節奏、顏色、腔調，似乎都在嘗試打開我封閉的靈魂。青春歲月的成長，恐怕不只是身體的變化，精神層面的啟蒙，恐怕比知識的誘惑還要強烈。詩人告訴我如何看待愛情，而我接收到的信息則是更進一步去探索古典世界。那冊單薄的詩集，對年輕心靈造成的衝擊，超越了我魂魄所能承受的。一個歷史系的學生，正在接受體制一般的史學訓練，嘗試分辨史料的真與偽。那種嚴謹的文獻閱讀，顯然與讀詩的經驗全然兩樣。歷史不斷提醒我要尋找事實、發現事實、解釋事實，但是詩，則為我開啟迷茫的天地，容許我浪漫狂想，鼓勵我遨遊太虛，縱容我面壁虛構。兩種不同的取向，形成我日後在詩與歷史之間的無盡拉扯。

詩的閱讀占據我生命裡太多的時間。不計其數的詩行，陪伴我度過困難而苦澀的黑夜，也護送我穿過陌生而荒涼的異域。在流亡時期，浮沉於政治運動的洪流裡，終於沒有使內心最純真的美感沖散，正是因為得到詩的救贖。那時暗自對自己發願，有一天所有我偏愛的詩人作品，如果能夠匯集在一本握可盈手的書籍，便可以對我無悔的青春致上最高敬意。懷著這樣的夢想，從流亡回歸海島，從歷史跨向文學，從中古走向現代，從政治投入學術，我才察覺自己走了一條迂迴而曲折的道路。《美與殉美》這冊詩評，是在經過千里跋涉之後，所完成的夢想書。我所偏愛的詩人與作品，當然不是一本書所可容納，而且可以毫無止盡的寫下去。畢竟透過詩的閱讀，作夢的能力還會繼續燃燒下去。

站在晚境的這一頭，好像處在時間的峰頂，可以俯視生命攀爬的過程。距離那位閱讀第一本詩集的少年，恍然驚覺半世紀的時光已經過去。在歷史洪流的淘洗裡，台灣現代詩的演變，可以說非常豐富而駁雜。遠在一九五〇年代，鄭愁予、林泠、方思在《現代詩》發表作品時，其實還帶有強烈的浪漫主義風格。在詩史上，這個世代對後來的台灣抒情傳統影響甚鉅。他們的領導人紀弦，以及同樣族裔的黃用、吳望堯、秀陶，便是在貧瘠的海島土地上播下種籽。浪漫詩的特色，在於表現對生命的熱情、愛情的狂想、死亡的嚮往，他們的血緣可能與十九世紀英國詩人濟慈、雪萊，有某種可疑的銜接。同樣時期的余光中，也是從浪漫主義出發，他受到梁實秋的點撥，而與五四運動後期的新月派，展開靈魂上的對話。新月派的重要詩人徐志摩，正是西方浪漫主義的嫡系傳人。

一九五〇年代中期浪漫詩的藝術技巧，對於稍後的現代主義運動具有相當重要的奠基功能。沒有經過他們，也許就不可能到達楊牧這個世代。楊牧是早熟的詩人，出現在詩壇時就與《現代詩》、《創世紀》的詩人平起平坐。他上接五〇年代，下接六〇年代的現代運動，那種橫跨的姿態，一直受到我的矚目。浪漫詩的特色在於強調感情奔放，現代詩則在於節制感情的氾濫。但這兩種特質，不是相剋的美學，而是相對的表現手法。在閱讀過程中，感性與知性的拉扯，總是帶給我一種神祕的張力。詩的流動，在血脈裡幾乎可以感知。與詩人對話，而引起靈魂的騷動，最後都變成文字，保留在我詩評的書籍裡。如今回望我的第一本詩評集《鏡子和影子》，可以發現第一篇文字寫於我二十歲那年。青春的喜悅與憤怒，至今仍然可以觸到那時的餘溫與餘韻。

為什麼是詩？在文學涉獵的過程中，如果沒有從詩開始，大約就不可能擴張到散文、小說、評論。許多朋友與學生常常提問：當初為什麼要從詩出發？當年真的不知如何回答。經過這麼長的歲月之後，如今我終於明白，詩的形式最簡單，即使只是一行，四行，或十四行的作品，卻可以咀嚼一個下午，甚至一整個苦悶的夏天。面對當時最乾澀的時代，精神找不到出口，總覺得生命非常困難。身體擁有一個年輕的心，無法負荷成長的痛苦，竟然在詩行之間找到一條逃逸的通道。瘦瘦的一本詩集，插在牛仔褲的口袋，隨時可以抽出，靜靜閱讀。詩行有限，想像無限，終於在字句的音色、節奏、暗示，寄託了無可釋懷的情緒。最初無法進入詩的世界，總是在一座祕密花園的牆外徘徊。終於在一個惆悵的最低點，靈光乍現，伸手推門，就走進去了。

跨入詩的版圖之後，從此再也沒有回頭。相對於我對小說家、散文家、評論家的尊敬，我一直對詩人看得更高。一首一百行以上的長詩，對身體的衝擊力道，於我而言，完全不輸給一部長篇小說。小說的閱讀，完全依賴作者說故事的技巧。細讀一首長詩，完全是讀者自己沿著詩行在說故事。我從未忘懷長詩帶來的歡喜與苦痛，洛夫的《石室之死亡》，余光中的《敲打樂》，楊牧的〈林沖夜奔〉與〈十二星象練習曲〉，正是在閱讀時夾帶著凌虐的樂趣。跋涉在長詩的巔峰與幽谷，需要蓄積足夠的勇氣，並不可能一次就完成攀爬。閱讀與再閱讀的嘗試，是長征長詩的必備條件。

如果讀詩是一種說故事的過程，則整個情節與結果都不可能有固定形式。詩是那樣精煉而濃縮，埋藏太多詩人的情緒與感覺。詩人的美感，是在現實生活中累積起來。也許帶著笑痕、淚痕與傷痕。那種心情的升降，注入詩的文字時，已經歷過非常私密而個人的過濾與篩選。當它終於成為一首詩，無疑是某個時刻的生命結晶。文字與語言的意義，從來就是搖擺不定，可能只是容納鍛造過的想像。變成文字後，引渡到讀者手上時，是否還能精確保持詩人的精神原貌，確實啟人疑竇。詩的美妙，恰恰就在這個關鍵點上散發出來。在捧讀時，有時發生以詞害意的現象，有時也會產生以意逆志的狀況。詩的可說與不可說，恰恰就閃爍在可解與不可解之間。

或許在這本書裡，許多不可說的詩，反而說了許多。詩的行數有限，文字也相當精簡，卻由於負載太多的暗示與意涵，終於有不可不言者。無論這本書可以視為詮釋或鑑賞，無非都在彰顯長久以來的一個信仰：詩，可以觀，可以群，可以怨。詩行間所釋放出來的能量，並不因為留下這本文字，其意義就宣告終止。恰恰相反，書中所容納的文字，只意味著把我帶到一定程度的邊境。後來的讀者，可以從這本書所畫出的邊境，繼續再出發。在讀詩的經驗裡，往往不期然發現詩人所隱藏的關鍵字。冥冥中引導著心靈，走到一個未曾旅行過的地方。或可稱之為寂寞，孤獨，悲傷，愛慾，到達那陌生的境界時，忽然獲得覺悟。無論有多悲傷，有多哀怨，往往在閱讀中取得和解與理解。詩可能並沒有那麼偉大，只是一群文字的組合，卻由於經過詩人奇妙的手，在字與詞之間產生聯繫。無意中，讓讀者發現從未體會過的意義，以及從未察覺的美感。詩中的林木、山河、天地，甚至偶然飛過的禽鳥，都會造成錯愕的啟悟。

全書分成兩輯，第一輯是「美」，第二輯是「殉美」。第一輯是主題式的綜論，探討不同詩人如何求索孤獨、愛慾、純粹、邪惡、死亡的美感。世間的美，從來沒有固定的形式。藉由平面的文字去構築立體的感覺，正是詩的挑戰。人們所豔稱的真善美，不是唯一屬於美的範疇。所謂污穢、醜陋、邪惡、獸性的負面價值，如果能夠使用精確文字來描述時，便已臻於美的境界。詩人縱浪大化，投身於世俗的塵土，絕對有他敏銳的視覺、聽覺、嗅覺、觸覺。他不會因為有傳統規範或道德戒律，而關閉他對這個世界的感覺。他具有耳聰目明的凝視，穿透黑暗，看見人間的沉淪，甚至勇敢地將之鍛鑄成為詩行。

第二輯是詩人論，都是閱讀自己所偏愛的詩人之作。在某種感應下，終於寫出相當個人的私密品味。為什麼是這些詩人？其中並未有藝術高下之分，而只能說個人的美感與這些詩人正好相遇。在心目中其實還有太多偏愛的詩作，也許在我餘生還會持續發出內心的回音。感應或體會，是很神祕的經驗，完全不能用客觀理性的標準來分析。有太多的詩人無論是前輩、同輩、後輩，他們的作品常常都在我深夜的捧讀裡。與詩人一起年輕、一起蒼老的滋味，都留痕在這本書的文字中。他們追求一首詩，無疑是殉美的過程。也許受到夜霧的凌遲、孤星的照耀、晨陽的喚醒，都必須付出一定的生命消耗。或更精確而言，那是一段赴死的追逐。一首詩的誕生，其實是以作者的死亡為代價。終於完成一首晶瑩的詩，恰好是殉美的最好寫照。

多少年來，一首詩的閱讀也曾經引渡我從黑夜到黎明。最後可以在詩的宮牆內外進出，換取的喜悅恐怕不是一本書所可比擬。而詩的閱讀，其實也是一個殉美的嚮往。在精鍊的文字裡，嘗到甜潤滋味，或感受苦澀氛圍，不時被引導到美的極致。能夠完成這本書，即使沒有止於至善，至少也沒有留下任何遺憾。

二〇一五年三月十日 政大台文所

（本書的完成，樂於向三位助理致謝：陳怡蓁、徐緯、洪瑋其）

【目次】

第一輯　美

脫下一層皮膚

白萩的身體詩，釋出壓抑年代無法壓抑的欲望；抵擋不住的是他滿腔的苦悶，遺留下來的是未遂的夢與幻。他的時代被棄擲在上個世紀，他的詩行則繼續發出聲音，對著新世紀傳送令人震顫的信息。歷史滔滔，淹沒他的朋輩多少求救的吶喊。激流退潮之後，白萩詩集藉其語言的重量擱淺在時間沙岸。

曾經是屬於瘖啞社會的小市民祕密，經過歷史的淘洗，反而更能彰顯一位詩人內心的暗潮澎湃。在那權力繩索交錯縱橫的時代，被綁架的身體也許沒有動彈的空間。詩人的夢想與幻想，卻是以容許內在的自我心靈遊走於天地之間。從最神聖的情操到最褻瀆的情慾，正是詩的語言能夠翻騰的境界。白萩以他的官能感覺干涉政治權力構築起來的樊籠，在那黑暗時期，已充分暗示他體內的抗議力道。

詩人的私密世界，容納繁複豐盛的欲望。那是深層的無意識，是外在任何權力全然無法侵入的地盤。在看不見的體內，隱藏太多難以詮釋的情慾流動，詩的種籽正是埋伏其中。縱然在威權氾濫的時刻，情不自禁的詩會破土而出，抽芽的姿態，茁長的曼妙，正是以詩人所偏愛的語言形式表現出來。身體詩正是從無意識的神祕土壤搖曳冒出；滿心而發，肆口而成。

白萩坐在他的內心角落，冷冷觀看不容說出真話的外面那世界，一個肅殺氣氛籠罩的社會。冰涼的政治雪般覆蓋著小小的海島，看來是那樣純粹、安穩、馴服。如果揭開冰雪一角，就可發現詩人的私密心房——如防空壕，極其牢固。掩護著難以定義的欲望，邪惡的，裸裎的，激情的，炙熱的，生機勃勃地在內部流竄。

繳出那冊引人議論的《香頌》（一九七〇）之前，白萩已完成三冊詩集《蛾之死》（一九五八）、《風的薔薇》（一九六四）、《天空象徵》（一九六八）。一位敢於暴露私密思維的詩人，語言技巧也許沒有像瘂弦的長詩〈深淵〉那樣隱晦，也沒有像余光中的短詩〈鶴嘴鋤〉那樣透明，白萩回歸到平凡的夫妻生活中汲取詩情。在那稀罕的現代主義運動時期，他果敢地涉入婚姻世界，把男性的愛恨情仇敞開在讀者面前。在蒼白的歷史階段，出現過太多精采好看的情詩，為苦澀生命塗上一層糖蜜。白萩顯然是選擇背對這樣的抒情傳統。

詩集扉頁羅列著一行字：「獻給與我生活在新美街的伴侶」。短短數字，沒有綺麗的夢，沒有非凡的預設，直接傳達給讀者的信息只是一條尋常無奇的街道。詩人正視著他的現實生活，張開雙手邀請讀者進入一個每天都可能發生的、乏善可陳的鄰居世界。彷彿是站在公寓樓頂，可以俯瞰整個街道的熙攘人生，鬥嘴吵架與滿街流言的聲浪，湧入猝不及防的耳膜。

白萩，《香頌》（*Chaconne*）（台北：笠詩刊社，1972）。

《香頌》是美麗的命名，但詩行所反映的生活卻並不美麗。詩人的生活環境極其平凡，且近乎庸俗，而庸俗竟是他一生的寄託。詩集的第一首正是〈新美街〉，啟開生命舞台的場景。真正活在這樣的市井場域，幾乎無法遁逃日常的瑣碎與苦惱，白萩卻在其中釀造了詩：

陽光晒著檸檬枝
在這小小的新美街
生活是辛酸的
讓我們做愛
給酸澀的一生加一點兒甜味
短短一小截的路
沒有遠方亦無地平線

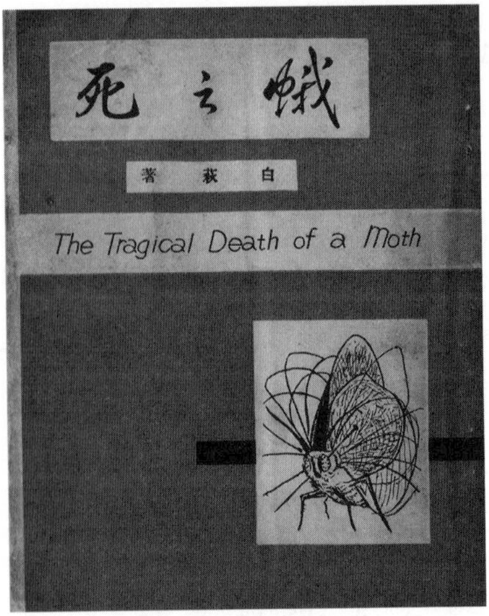

白萩，《蛾之死》（台北：藍星詩社，1958）。

活成一段盲腸
是世界的累贅

一生何其漫長，生命的容器只不過是短短一小截的路。這種強烈的對比，襯托出深沉的絕望。狹窄的空間裡，看不到遠方，當然也不存在地平線，暗示了夢與理想絕對不可能在這裡誕生。詩人的自我貶抑，呈現了一個降格的人生，既是盲腸，也是累贅，顯然不可能有任何指望。然而，詩中暗藏了一個關目：「讓我們做愛」，透露無窮的生機。這是白萩詩學最值得注意之處。就像他在此之前完成的詩行，能夠在無法挽救的節奏裡，適時注入奇異的想像，使一首看來即將崩解的詩，及時被拯救回來。

衰敗平淡的〈新美街〉，也是藉用同樣技法而獲得重大的迴旋。「做愛」的意象植入詩中時，既可作為此詩的樞紐，也為整冊詩集的發展啟開關鍵性的想像。白萩的身體詩孕育於苦澀的日日夜夜，自然

白萩，《天空象徵》（台北：田園，1969）。

就挾帶著濃厚的反諷意味，同時也對整個封閉苦悶的年代構成強烈的抗拒。情慾的演出，意義並不存在於情慾本身，而在於它所延伸出來的批判精神。人被迫活成一段盲腸，至少應具備足以活下去的頑強力量。這樣的力量不可能從殘酷的現實中獲得，必須由囚禁中的生命自我創造。做愛的行為能夠為酸澀的一生製造甜味之際，情慾象徵便富有救贖與昇華的意義。

容納長短不一共四十三首詩的《香頌》，充滿詩人自我調侃、嘲弄、責備、諷刺、安慰、滿足的聲音，這些聲音可以回應生活中的缺憾與失落，絕望與希望。千瘡百孔的婚姻生活裡，竟然可以使這樣的家庭制度維繫並延續，是必須依賴何等堅強的意志。然而，這種意志也會出現脆弱的時刻。〈公寓女郎〉揭露已婚男子的邪淫欲望，當他每天都要面對鄰居的單身女郎：

窗口對著窗口
可不是什麼親嘴
門瞄著門
我們打量著

這四行寫得很樸素，也很簡潔，竟夾纏複雜的、過剩的邪念。都市擁擠的建築物，設計出來的格局正是如此。窗口內性愛不滿的丈夫對外窺伺時，內心湧起的欲望簡直是五湖四海。即使只是「窗口對著窗口」、「門對著門」，就足以開啟瘋狂的想像。如此透明易懂的白話，注入過於豐富的性象徵，竟使詩行產生飽滿膨脹的張力。這個男人的鄰居畢竟是「生活在寢室工作在床上」的女子，那是一種無法抗拒的誘惑無端在撩撥。

現在妳是正經的女子
聽教堂的鐘聲而無慚愧
在早晨的窗口
祇輕鬆輕鬆妳的性器
無一點邪思

男人單方面的想像，演繹出各種不可思議的聯想。在教堂鐘聲裡，他為對門女子創造從「無慚愧」到「無邪思」的假設。詩中的語言彷彿是對女子做各種譴責，卻又暗示男人在內心自我贖罪。各種情緒同時湧上時，更加可以彰顯男人的邪念有多旺盛，詩中的單身女郎，是否如男人所設想，並不確切。整首詩可能是男人的自編自導自演，即使如此，他的演出竟是特別入戲。尤其最後三行，更是臻於高潮，男人已經完全投入他營造出來的情境：

而我的門瞄著你
竟似陽具暴漲
一隻雄蜂在下部嗡嗡作響

在思量、檢討單身女郎的人格之餘，男人終於暴露自己的人性。窺探者的內心私密，完全是以審判姿態作為偽裝。從「可不是什麼親嘴」，到「竟似陽具暴漲」，都是男人片面的行為，其中有道德譴責，也有半推半就，相當巧妙地點出男性中心論的自私與脆弱。整首詩並不訴諸精練鍛鑄的語言，日常口語式的表達竟可渲染成為一首獨白獨幕劇的敘事詩，正是白萩詩藝的精心造詣。詩的縱深結構往往不是依賴瑰麗文字或奇巧設計，白萩詩行之迷人，是由於平凡想像之間的連結，雲淡風輕的口吻帶出複雜繁瑣的聯想，終於造就詩中的跌宕效果，張力與縱深因此而塑造完成。

詩中富饒低級趣味的結婚男子，透過性幻想來完成性不滿之填補，逼真地描繪了都市裡暗藏多少不快與不爽。與妻子歡愛時，性幻想的介入更是揮之不去。〈皮或衣〉正是一首極為傳神的反諷詩：

穿了又脫脫了又穿

忘記了它叫皮或衣

有天早晨
突然忘記了妳是誰
和一個女人的妳
自由的赤裸

一對蝴蝶交媾在清新裡
不知誰是丈夫誰是妻子
祇是雄與雌

總是脫了又穿穿了又脫
有時是妻子有時是女人

婚姻中的男人，對於妻子與女人的定義可謂是界線分明。穿上衣服的是妻子，脫下衣服的是女人。這首具有辯證思維的詩，暗示丈夫的自私，妻子與女人的定義是依照穿與脫的行為來確認。白萩放膽挖出藏在內心的感覺，幾乎坦誠表露其性之告白。其實他揭開的祕密，正是男人的原始欲望。歡愛中的男女，身分區隔已經失去意義，以蝴蝶的交媾作為對比，生物層面的滿足與完成庶幾近之。詩中的暗示不止於此，男人在歡愛時陷於瘋狂狀態之際，往往只顧洩慾，全然不在乎情愛。在失神狀態下，妻子不再是妻子，而是他性幻想中的女子。白萩敢於觸探他內心的性幻想，恐怕不僅僅是為了暴露而暴露，而是對於世間虛偽的名分、秩序、倫理，以至於道德規範，都採取高度的批判。在人為道德的壓抑下，男人不再是男人，女人不再是女人。為了符合規範要求，即使是性幻想也必須受到壓制。身體詩在這樣的意義脈絡裡，也可能極具批判的政治詩。

在另一首性幻想的詩，白萩再次撕去道德的假面。〈早安．該死〉揭開了紳士衣履內的欲望。同樣是在新美街遇到的陌生女子，男人禮貌地以早安問好，但在他的無意識世界卻出現了不同的語言：

該死
蹲在心中，一匹黑貓的我
為另一種美所殺傷
正暴怒地張牙舞爪

將妳凌辱成辦辦

體面男子的內心，埋藏一股辣手摧花的欲望。「黑貓」在台語中含有歧義的隱喻，既是時髦男性，也是花心男子。錯肩而過的女人，隨時有可能挑起男人的原欲。表面舉止展現出恰當的禮儀，深層意識裡則潛伏一匹狂野的貓。被街上女性美麗殺傷的男子，已暗自在體內激起風暴，完成一次看不見的肉慾興亡史。近乎瘋癲狀態的狂想，不只是「張牙舞爪」，甚至繼之以「凌辱」式的支配，生動地勾勒出紳士與流氓共存於體內的真貌。既寫實又超現實的技藝，再次呈現白萩詩學的獨特風格。

耽溺於幻想的男人，在更多時候是一位盡職的丈夫。〈對照〉這首詩映出的畫面是夫妻歡愛時的愉悅與和諧：

妳的瞳孔中映著我
我的瞳孔中映著妳
在靜默的對照中
感到一株莫名的喜悅
在晨風中輕快的搖幌……

詩中明朗的節奏與色調，在白萩作品中時有可見。他以「一株」具象化「莫名的喜悅」，寓有男性的象徵，同時也反射出內心的開放。詩人在閉鎖苦悶的生活中，似乎也只能在做愛中釀造更充沛的求生意志。以對照作為象徵，彷彿夫妻兩人情感的交融，就像鏡像那般相互鑑照。這個時刻不再只由男性獨享，而是夫妻共同分享。沉浸在「兩人三腳」的活動，生活中憂愁與煩悶似乎也卸除淨盡。

白萩剖開內心的真實，裸裎著他的愛與恨，恐怕是一九六〇年代現代主義運動中罕有的詩人。他並不虛構甜蜜的愛情，也不掩飾勃興的情慾。伴隨肉體感官而來的愛與恨，都可毫無遮攔地注入詩行。即使是夫妻的鬥氣吵嘴，也可以入詩。然而，他並不懷恨下筆，而是以自我調侃的語調稀釋負氣時的憤懣。〈有時成單〉一詩，超脫了庸俗的情緒，以反面形式襯托夫妻的情感。吵架的妻子獨自睡熟時，丈夫被遺棄在孤寂的午夜：

此刻
世界的一半沉溺在
午夜做愛的潮浪
我卻在外邊旁觀妳
想著明晨全市痕跡狼藉

只有我是乾旱的丈夫一個

丈夫在深夜不能成眠，又要接受體內情慾漲潮的凌遲，他只能想像世間男女正沐浴在愛的滋潤中。外面的世界享受歡愛的時刻，晾在床上的丈夫內心湧起的情緒近乎自憐。當他說：「只有我是乾旱的丈夫一個」，不免透露難以言喻的哀怨。尤其把「一個」置於詩行最後，更加強調落單的語意。

以整冊詩集收納清一色的身體詩，在危疑的年代自有其特殊的意義。生活空間被壓縮成為牢籠時，不再只是指涉個人的生命，同時也在於暗示當時的政治環境。每首詩可能極為個人化，卻也多義地反映同時代的每位小市民的心境。白萩掙扎於社會底層，向上仰望時，看到的是一個龐大的權力結構。泰山壓頂式的權力支配，幾乎使每個生命的思維與想像都受到制約。尤其是莊嚴的政治口號無盡無止地進行教化時，生命的欲望也更加受到抑制。現代主義詩人能夠活躍的空間相當有限，他們集體向內心世界遁逃，訴諸於無意識的開發。詩的發展如此，已無足訝異。白萩當然也是其中的一位，希冀開掘靈魂的井口。他終於到達情慾層面時，勇敢以身體抵禦國體，以情慾抗拒情操，反而獲得無限生機。

身體詩的意義，不宜過分誇大。不過，置之於封鎖的社會脈絡來考察，自然而然呈露了內在的批判精神。他能夠汲取的自由，也就只有那麼多。然而，就像他的一首詩〈天天是〉

所暗示的：

一隻鳥飛進天空，即
擁有天空，管它是
一直一直地伸到美洲那一邊

「一隻鳥」當然也可以理解為性的象徵，同時也可以做渺小的生命來解釋。只要得到一丁點自由，就已擁有自由，管它的定義內容為何。《香頌》出版已超過三十年以上，它負載的藝術意義與歷史意義，隨著時光的消逝而益加彰顯其思維的力道。詩集釋出了壓抑年代無法壓抑的欲望，其中的語言也許不夠細膩精緻，卻無法遮掩它放射出來的輝光。在新世紀翹首回望，仍然可以看苦悶年代的詩集熠熠發亮。白萩脫下他的衣服，脫下一層皮膚，裸裎真實的靈魂。光，就從靈魂深處放射出來。

本文原載《聯合文學》二九〇期（二〇〇八年十二月）

愛慾即真理

一

肉身猶如監獄，敞開時是釋放，關閉時是禁錮。何時開門，何時閉門，並非全然出於自主的意願。歷史上的血肉之軀，有多少是行其所當行，止於其所不可不止？毫不設防的身體，從來就不斷接受各種形式的權力干涉。國家的譴責，道德的鞭笞，宗教的審判，法律的制裁，終於形塑了現階段肉體的行為空間。當潔淨的人格受到尊崇，神聖化的身軀就是救贖的象徵。當不拘的欲望遭到貶抑，妖魔化的肢體則是墮落的隱喻。肉體原是完整的，卻因兩種相反價值的同時進駐而啟開衝突。靈與肉被撕裂成為對立狀態，愛與慾也被切割成為互不相容。

靈肉與愛慾之間的糾葛，是詩史上永恆的主題。詩言志的傳統建立以來，身體便隱然住著兩個自我；一個是在清醒的意識層面馴服地遵循道德秩序，一個是在無意識層面試圖掙脫權力的牢籠。歷史上身體內部無窮盡的對決鬥爭，似乎證明道德權力已宣告勝利。但是這樣的歷史紀錄顯然不符合事實，那只是表象的、虛構的獲勝。文學史上，仍然有不計其數的詩人不懈地衝決網羅。道德權力未嘗徹底征服了身體，在真實的感官深處，愛慾還是不止不息地流竄。

肉體並不可能分割愛與慾。在道德假面下，禁錮時的痛苦，釋放時的愉悅，都無法蒙騙。身體永遠站在誠實的這邊，血脈裡的絲毫騷動，肉軀的任何搖蕩，都能細緻而深刻地感知。畢竟愛慾並不等同知識上的真與假，也不類同道德上的善與惡，而完全是屬於感覺上的美與醜。任何激烈的字眼都無法概括情愛於萬一。無論它是疾病或瘟疫，是野火或狂焰，是漩渦或風暴，是禍害或創傷。情愛一旦襲來，世間罕有抗拒者。愛之火舌燒起的誘惑，足以超越人間的道德與權力。愛是如此不講理，如果可以理喻，愛便不成其為愛。

社會如何改造，文明如何翻新，情愛永遠不會進步。知識如何精進，道德如何提升，身體永遠受限於七情六慾。從《詩經》到《奧德賽》（*Odyssey*）以降，情愛是文字上永不疲憊的追逐與想像。每位詩人的早期作品，幾乎都是從情詩出發。情的戰慄，愛的波動，慾的騷亂，往往是最先抵達心臟。生命因此而被喚醒，性的啟蒙也因此而綻放。書寫如果是從內心迸發，則情感必然是瞬間注入筆尖。情慾可能不是生命的全部，它所帶來的重量卻往往是生命所難以負荷。情慾的書寫，正是在於釋放生命的重量。一首情詩的完成，幾乎是一種救贖、一種昇華、一種洗滌。

愛的故事彷彿是在不同時空、不同人種重演類似的戲碼。然而故事與故事之間卻具有細微的差異。每一份愛，其實都是獨一無二；就像人類的指紋那樣，沒有一個是雷同的。這正是愛情故事引人入勝之處，正如每一首情詩好像在透露祕密，特別令人著迷。情詩的閱讀，簡直就是詩人摀著嘴，貼近耳朵，傳達一些可解與不可解的密碼。聽得懂也好，不懂也無妨，那可能是最接近詩人內心世界的一種神祕語言。

情詩，是身體的誠實告白。彎彎曲曲的隱喻與象徵，都是為了裸露真實的血肉。被壓抑的、被封閉的欲望與渴望，在有意無意之間說溜了嘴。語言傾吐出來的時刻，囚禁已久的肉體便突然獲得釋放。半開虛掩的門啟處，可以窺見詩人私密的生命。完成或未完成的思慕，實現或未實現的期待，企及或未企及的愉悅，卸下或未卸下的失落，都通過透明與晦澀的文字，置放在讀詩者的手掌；甚至藉由不確的、震顫的節奏，敲打著接收者的心房。情詩可能是虛構的故事，可能是諧擬的情節，或可能是捏造的想像；愈是造假，愈是迴避，反而更能洩漏肉體深處的愛慾。受到譴責詛咒的身體，或是受到道德馴化的肉軀，為了說出更真的話，往往必須訴諸寓言、假託、神話；終於無法克制內在煎熬時，爆發出來的能量竟至於泣鬼神而動天地。

天主教徒詩人波特萊爾（Charles Baudelaire）的詩集《惡之華》（*Les fleurs du mal*），是記錄個人愛慾的一冊生命書。這冊一度遭到查禁的詩集，曾經帶給他的時代最污穢、最不愉快的感覺。在波特萊爾的語彙裡，幾乎沒有什麼是值得忌諱。詩集的命名，便足以道盡詩人的負面思維。惡（Evil），是從法文Mal翻譯而來。朱光潛認為應該譯成中文的「病弱」，但無論如何正確的譯法，都無法貼近詩人的真實。波特萊爾詩集的最初文字是The Lesbians（女同性戀者），稍後又改為Limbo（委棄者），最終則確定為The Flowers of Evil。詩集的命名，強烈暗示詩人是如何勇於在思想禁區探險。官能的、淫蕩的、污穢的挑逗文字不時在詩行之間浮沉，顯然是刻意挑戰宗教、國家、社會所能容忍的極限。詩中所暴露醜陋、惡臭、狎邪的想像，可能是詩史上的絕無僅有。他的負面書寫，無非是在探測人性能夠墮落、沉淪的深度。即使詩集中最抒情的一首〈秋天十四行〉（Autumn Sonnet），竟然也緊繃著性的暗示：

讓我們溫柔相愛。慾神在他的穴裡
潛伏在暗處，張滿著弓
我知道他的武器，他疲乏的粗箭

罪惡，瘋狂，恐怖，啊蒼白的雛菊
我們不都像極秋天的陽光
啊如此冰涼我委頓的瑪格麗特

以肉慾對抗社會，以身體抵擋權力，幾乎是整冊詩集貫串的主題。波特萊爾正面注視著人間罪與罰，從而進一步凝視體內的卑賤惡魔。詩人被稱為「救贖的撒旦」（Redemptive

Satanism），是為了概括詩集亦正亦邪的特質。與生俱來的肉慾，遭到道德的壓抑，反而是不道德。讓真正感覺呈露，讓醜惡融入詩行，讓欲望獲得釋放，使禁錮的生命得到救贖，是《惡之華》開拓出來的想像疆界。妓女、情婦、乞丐、腐屍、妖魔、地獄，這些負面字眼承載著被譴責的重量，卻在波特萊爾的詩中得到解脫。這冊惹人爭議的詩集，開啟了日後現代主義無窮的想像。十九世紀巴黎的審判者、法官、教士，已徹底被歷史遺忘，《惡之華》反而升格成為典範，牢牢烙印在詩史殿堂的圓柱。

二

相對於掌握政治權力的國體，肉體看來是何等脆弱。它被規範、被壓制、被干涉、被囚禁，負荷的罪孽比起歷史還要深重。國家發動戰爭時，身體更是失去自主的權利。帝國主義的驅使，民族主義的召喚，使多慾的肉軀成為犧牲的祭品。一九六〇年代越戰爆發時，燒起了許多詩人的內在抗議。身體詩的誕生，便是在歷史的危疑時刻獲得孕育。即使沒有戰爭，身體詩呈露的情慾自然也有它正面的意義。詩的空間是身體的延伸，容許欲望流竄，也容許想像流動，詩人因此而維護發言的自主權。

余光中的〈雙人床〉，曾經受到民族主義者的指控，認為詩的語言過於色情。這種譴責的聲音，正好反映審判者是如何受到政治權力的規訓。當民族主義轉化成為道德力量時，反而使〈雙人床〉的批判力道更加彰顯。戰爭如火如荼在遠方燃燒之際，當政變與革命在窗外吶喊之餘，選擇依靠在情人具有彈性的斜坡，恰好可以傳達反戰、厭戰的信息。在天崩地裂的戰場，失去人性的屠殺無盡止地進行，雙人床上的情人至少還維持人的尊嚴：

一種純粹而精細的瘋狂
讓夜和死亡在黑的邊境
發動永恆第一千次圍城
惟我們循螺紋急降，天國在下
捲入你四肢美麗的漩渦

戰爭的隱喻在詩中化為雙關語，既含蓄又暴露。夜，死亡，黑的邊境，第一千次圍城，歧義地指向戰場與床上。同樣都是屬於肉搏，一方面是絕情，另一方面則是多情。「天國在下」自然是性的強烈暗

余光中，《在冷戰的年代》（台北：藍星詩社，1969）。

示。不過，這不是余光中的首創，瘂弦在長詩〈深淵〉寫下這樣一行：「當一年五季的第十三月，天堂是在下面」。〈深淵〉是冰涼的，〈雙人床〉則是燙熱的。

同樣的餘溫也煨燒在余光中的另一首詩〈如果遠方有戰爭〉。把這首詩置放在越戰的歷史背景，當更能襯托出詩人的心理狀態。戰火下的殘酷鏡頭，也投射到詩行之間：

如果有尼姑在火葬自己
寡慾的脂肪炙響絕望
燒曲的四肢抱住涅槃
為了一種無效的手勢

越南戰場上，和尚與尼姑以自焚的行動來抗議政治，是耳熟能詳的記憶。詩中「寡慾的脂肪」，顯然是影射越南的民族主義與愛國情操。這種訴諸殉道的行動，並沒有挽回國家命運於既倒。「一個絕望」、「一種無效的手勢」，正好反映肉體犧牲的民族主義並不能找到精神救贖。

如果遠方有戰爭，而我們在遠方

你是慈悲的天使，白羽無疵
你俯身在病床，看我在床上
缺手，缺腳，缺眼，缺乏性別

以同樣的想像為自己設身處地，正是詩的強烈暗示。「缺乏性別」與「寡慾」相互呼應，都在強調戰爭的絕情。〈雙人床〉與〈如果遠方有戰爭〉倘若只是被貶抑為色情詩，而忽視身體的抵抗意義，則民族主義所崇尚的道德正義似乎已流於淺薄而虛矯。

洛夫完成於一九七〇年代初期的〈長恨歌〉，也可視為同樣歷史脈絡下的反戰作品。洛夫改寫白居易的古典詩，也改造了原詩的悲涼主題。詩中的皇帝好戰而好色，加深了對政治權力的反諷意味。余光中詩中的身體與國體是對立的，也是對抗的。洛夫的詩則合二為一，身體與國體都耽溺於征伐的欲望，以望之不似人君的筆法重建歷史場景。詩中的楊貴妃是如此出

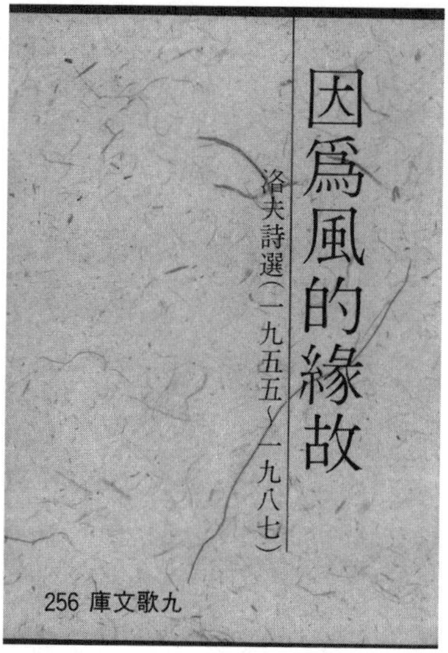

洛夫，《因為風的緣故：洛夫詩選(1955-1987)》(台北：九歌，1988)。

現在政治舞台：

她是
楊氏家譜中
翻開第一頁便仰在那裡的
一片白肉
一株鏡子裡的薔薇
盛開在輕輕的拂拭中

肉慾的意象特別飽滿，女性被凝視、被蹂躪的身分一覽無遺。玄宗皇帝則是以粗暴的姿態出場：

他是皇帝
而戰爭
是一攤
不論怎樣擦也擦不掉的

黏液
在錦被中
殺伐，在遠方

權力的氾濫，於公於私，毫無二致。〈長恨歌〉既寓諷刺，又富批判。在現代詩中，這是一首罕有的干涉歷史的作品。然而，詩所針對的主題卻又不只限於歷史，權力在握者的欲望並不在於維護個人主體，而是傷害國家，傷害社會。這首詩如果與洛夫的〈西貢詩抄〉相互對話，則詩人的心境當更清楚。

三

越戰時期所完成的身體詩，當以楊牧的〈十二星象練習曲〉最惹人議論。詩人自稱，這首詩「只用了一個春雨的上午就完成了」。但是，詩中繁複的意象卻引發無盡的討論。此詩最早發表於《年輪》，以

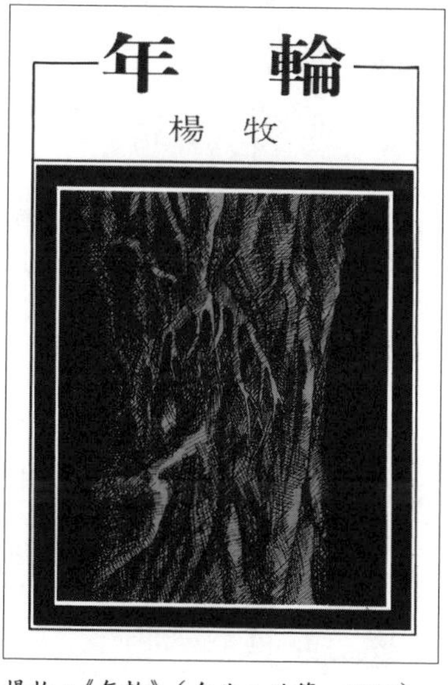

楊牧，《年輪》（台北：洪範，1982）。

「天干地支」的組詩呈現，〈練習曲〉屬於天干系列，稍後抽離出來，收入詩集《傳說》。另一首地支系列的組詩，仍留在原書，隱而不顯。

〈十二星象練習曲〉是楊牧少見的極其纏綿的一首情詩，性的意象以十二星座圖像相輔相成並置渲染。詩中的女性露意莎，是詩人發言傾訴的對象。《年輪》是楊牧記錄越戰的記憶手札，以同情的態度描述美國青年被派遣到越南，如何目睹生死，如何強烈懷鄉。在投入戰場的時刻，求生的意志尤為強烈。〈十二星象練習曲〉正是處於生死之間的一種心理狀態。面對死神的降臨，肉體欲望與求生意志幾乎雙軌合一。以暗示與影射的手法，道出蓬勃的生命力是以各種性愛的形式表現出來。詩的節奏尤其輕快，但暗暗帶有一種稀罕的悲涼。

當時，總是一排鐘聲
童年似地傳來

楊牧留下這兩行經典式的句子，幾乎可以延伸出多義的想像。午夜裡相擁的情人，聽到的鐘聲，竟是與童年聯繫起來。空間的鄉愁與時間的鄉愁混雜在一起，不知是成年的憂傷，還是離鄉的悲哀。時辰星移至牡羊座，帶出如下的詩行：

轉過臉去朝拜久遠的羚羊罷
半彎著兩腿，如荒郊的夜哨
我挺進向北

戰地裡放哨時的跪姿，竟暗示著情人歡愛時的姿勢。在生死之間，出現了一種荒涼感與荒謬感。詩人的戰爭想像以著歡愉的性愛取代，恰好構成奇異的反諷。丑時的金牛座方位，性的暗示更為鮮明：

饑餓燃燒於奮戰的兩線
四更了，居然還有些斷續的車燈
如此寂靜地掃射過
一方懸空的雙股

戰場是寂寥而冰冷，猶如車燈的掃射，反而不如情人間如飢似渴的奮戰。時間與空間並置，戰爭與性愛並行，輕易對照出絕情與多情的落差。時辰轉移到卯時的巨蟹座時，詩行注入更為具體的描述：「以多足的邪褻搖擺出萬種秋分的色彩」。性暗示至此而更加清晰，巨蟹的多足影射男女纏綿時的婀娜多姿。歡愛時的萬分色彩，對照的卻是如下的詩行：

衣上刺滿原野的斑紋
吞噬女嬰如夜色
我屠殺，嘔吐，哭泣，睡眠

歡愛時柔情萬種的顏色，竟聯繫著戰地士兵身著的迷彩裝。同樣是殺伐之氣，卻存在著生死的距離。〈十二星象練習曲〉，始於子時的牡羊座，止於亥時的雙魚座，彷彿是一完整的循環，竟是從童年到垂死的羅列。亥時雙魚座的最後三行，是全詩的總結：

你將驚呼
發現我凱旋暴亡
僵冷在你赤裸的身體

凱旋暴亡，既喻床戲的結局，亦喻戰場陣亡的宿命。這首情詩，自然是屬於雄性的想像。性的耽溺與戰爭的糾葛，以雙軌的速度發展；一方面是追逐生存，一方面是追逐死亡。

肉身的救贖意義，於此獲得彰顯。

正義，道德，倫理，秩序，表面上富有積極的精神，對於身體卻往往帶來懲罰與訓誡。這種虛矯的價值觀念禁不起現實生活的檢驗。情詩的書寫，也許過於照顧個人的經驗，但是它不說謊。血脈裡的瞬息騷動，一旦注入詩行，就成為身體的永恆見證。禁錮已久的肉軀，終於能夠釋放；門啟處，裸裎的星可以照耀，澄明的河可以洗滌。

本文原載《聯合文學》二八六期（二〇〇八年八月）

詩藝的完成

一

詩人生命的全部就是一首詩，不斷提煉、不斷鍛鑄的一首長詩。生命的累積與擴充，正是一首詩的創造過程。不同年齡的階段，無論是行雲流水，或是暗潮洶湧，都在釀造詩的重要環節。即使短短的一句詩行或綿密的一個段落，都是從細節的歲月銜接而成。在神祕時光裡望見的一道斜陽，或是彎腰俯拾的一朵落花，都有可能幻化成詩中意象。只要詩人持續創造，那首詩就無窮盡地展開並延伸。有時是穩定的節奏，有時是起伏的變奏，抑揚頓挫的速度，率皆指向生命的完整與詩藝的完成。

余光中畢生的文學追求，正是一首詩的完成。他在六十年內，收穫了二十冊詩集，前後達一千首詩之多。論質論量，均足以睥睨台灣詩壇。把全部詩作集合併觀，簡直就是一首雄偉史詩的展示，橫跨過參差的心理時間與歧異的地理空間。面對這首氣勢磅礡的長詩，站在任何一個角度，都無法掌握精神的全貌。由於他的文學生命始終保持著上升的狀態，要考察他的藝術深度與高度，誠然是一件艱難的挑戰。他的創造力，頗近於莫札特（Wolfgang Amadeus Mozart）的音樂，往往在旋律將止未止之際，總是能夠另闢蹊徑，使即將熄滅的火焰又再度燃燒起來。

這首史詩的連綿不絕，使酷嗜劃分時期的文學史家頗為狼狽。余光中每一階段的新時期與舊時期，幾乎都是以犬牙交錯的重疊方式出現。考察他的作品之際，很難乾淨利落地在時間斷限上切割分明。在他早年的浪漫主義格律詩時期，還未接近尾聲階段，就已開始注入現代主義的技巧。以《萬聖節》（一九六〇）為例，一方面承接《舟子的悲歌》（一九五二）、《藍色的羽毛》（一九五四）與《天國的夜市》（延遲到一九六九年才出版），一方面又開啟《鐘乳石》（一九六〇）、《五陵少年》（一九六七）的現代化想像。其中《天狼星》（一九六二年完成，一九七六年出版），具有相當可疑的身分，這首長詩富有激進現代主義精神，同時也預告向古典主義發展。《蓮的聯想》（一九六四）是一次身歷聲綜藝體的演出，古典與現代的交織，同時招惹了詩壇的掌聲與拳聲。然而，這冊詩集卻是一次關鍵的再出發，不僅孕育了稍後《在冷戰的年代》（一九六九）與《敲打樂》（一九六九），也協助詩人到達飽滿圓潤的《白玉苦瓜》（一九七四）。

古典與現代的交融，歷史與現實的交錯，構成余光中在中年時期的成熟詩風。那份成熟的格局，持續延伸他在香港時期完成的三冊詩集《與永恆拔河》（一九七九）、《隔水觀音》（一九八三）、《紫荊賦》（一九八六）。生命的遷徙流動，全然不再影響他的生產力。他對文字的掌控從此毫無窒礙，從渺茫的想像轉化成為可觸探的意象，端賴他如何把握生動的語言，時間與空間的變化絲毫不能影響創造的能量。他在高雄時期完成的詩集《夢與地理》（一九九〇）、《守夜人》（一九九二）、《安石榴》（一九九六）、《五形無阻》（一九九八），已經不是任何主義或思潮可以輕易概括。他以深沉的文字干涉大時代，也以深刻的思想與自我對話。愈是晚近的作品，越能顯現他的歷史觀與世界觀，而這種積極介入的態度，又可以與他最初的浪漫詩風遙相呼應。他的生命經驗既繁複又細膩，每個不同時期的詩集都可拿來相互印證，卻又不容輕易區別開來分梳討論。一千首詩羅列起來，就是渾然一體，生生不息的長詩。

正要跨越八十大壽高峰的詩人，至今並未有任何熄火的跡象。這首龐大史詩的閱讀，仍然是一個嚴峻的挑戰。余光中的審美原則與創作技巧，究竟要在哪個階段切入觀察較為適宜，恐怕不是容易回答的問題。如果必須給予一個分辨，也許可以在他的文學批評找到一個恰當的入口。從一九六〇至一九八〇年代，他的現代詩批評自成一個氣象。由於干涉面相當廣闊，他的批評幾乎也容納他的詩觀與詩藝。批評是一種清醒的自我觀察，縱然是在論斷別人的作品，卻也洩漏了天機，許多創作的訣竅、技藝、準則、反省也一併呈現出來。批評也

余光中，《左手的繆思》（台北：文星，1963）。

是一種藝術創作，當他對詩壇提出要求時，其實也是一種自我提升的重要警醒。

開放的態度與突破的精神，是余光中文學批評的特質。所有的批評都始於豐富的閱讀。閱讀愈龐雜多元，詮釋的角度就愈開放。余光中在進入一九六〇年代時，就已經展現他的雙重視野（double vision），既放眼西方現代主義，也投注中國古典文學。這雙軌閱讀，提升了他的批評高度與創作深度。最能展現這種格局的，正是他最初的三本文論《左手的繆思》（一九六三）、《掌上雨》（一九六四）、《逍遙遊》（一九六五），都是由文星書局出版。創作與批評之間的相互輝映，正好可以窺探詩人如何引導自己走向成熟。

《左手的繆思》揭露他對西方現代詩人的閱讀態度，《掌上雨》與《逍遙遊》則是展現他的中國古典閱讀，從而孕育了自己的現代主義詩觀。如果印證他的詩藝演出，這段時期正是走出《天狼星》的格局，而逐漸朝向《蓮的聯想》發展。更為精切地說，他嘗試讓自己的現代主義思維與中國古典閱讀進行協商與鎔鑄。但是，所謂協商與鎔鑄，似乎是過於簡約的結

余光中，《掌上雨》（台北：大林文庫，1973）。

論。從高速現代主義轉向中國古典文學，其間確實穿越多少內心糾葛與外在批判，並且也涉及兩種美學的會盟。雙重視野的嘗試，關係到創作上的成敗。一九六〇年代是他詩學追求的危疑時期，而這也正是批評與創作兩個美學領域最為靠近的階段。如果好好考察這段時期的批評，似乎也可以更為貼近他詩藝轉變的真相。

二

追尋現代主義的道路上，余光中大量閱讀西方現代詩人的作品，包括佛洛斯特（Robert Lee Frost）、艾略特（E. S. Eliot）、葉慈（William Butler Yeats）、康明思（E. E. Cummings）。他可能是一九六〇年代初期介紹西方詩人最為積極者。他的介紹，帶有一種選擇與疏離的態度，而這正是對西方美學的解釋。不同於當時台灣詩人對西方的全心擁抱，余光中是從「抵抗式閱讀」（resist reading）出發。那種抗拒，是某種態度的批判性接受。

在〈艾略特的時代〉，余光中是如此討論這位西方現代詩的開創者：「在他的詩中，美與醜，光榮的過去與平凡的現在，慷慨的外表與怯懦的內心，恆是並列相成的。」當他閱讀時，注意力也是同樣放在西方詩人的雙重視野。在〈舞與舞者〉介紹葉慈時，余光中也有類似的詮釋：「對於葉慈，創造與毀滅皆為文化所必須，因此無法分割。他把握這個真理，且以深入的思想和有力的手法加以表現。」雖然介紹的文字寫得非常簡潔，但是卻充分流露他雙重視野與雙軌閱讀的策略。在〈死亡，你不要驕傲〉追悼佛洛斯特時，也是以一種折衷方式來解讀他所崇敬詩人的風格：「當他讚美時，他並不縱容；當他警告時，他並不冷峻。讀其詩，識其人，如攀雪峰，而發現峰頂也有春天。」

余光中的現代主義詩觀，可以容許兩種相悖的價值並置，既可權衡，又可辯證。這是他詩藝的一種祕訣，從來不採取絕對的審美觀念，寧可抱持相對的或開放的態度；或確切的說，是一種兼容並蓄的接受。如果從儒家思想來看，那是極高明而道中庸；如果從西方思想傳統，那是自由主義的寬容。這種對稱、均衡、相應的美學，如薩依德（Edward Said）所說，意味著一種相當務實的對位式閱讀（contrapuntal reading）。這是思考上非常重要的暗示，台灣現代詩運動畢竟不是從社會內部催生，而是透過「橫的移植」，把西方美學嫁接到台灣。余光中已經有了警悟，要提升藝術絕對不能只是依賴外來的技巧，台灣自有其歷史背景與社會現實，而且漢文書寫也有深遠的古典傳統。如果有能力閱讀遙遠的西方，台灣詩人當然也具備能力閱讀中國古典。對位式的閱讀，便是在這種覺悟下開啟的。

使這種覺悟能夠發生，一方面來自余光中的自我領悟，一方面則是來自現代詩論戰的觸媒。最為關鍵的事件，無疑是一九六二年他與洛夫之間爆發的「天狼星論戰」。這場論戰的討論，可以參閱我所撰寫的〈回望天狼星〉（收入《鞭傷之島》）。余光中在一篇自剖的文字

〈從古典詩到現代詩〉，對於自己如何從西方回歸到東方，在文中說得極為清楚：「反對傳統不如利用傳統。狹窄的現代詩人但見傳統與現代之異，不見兩者之同；但見兩者之分，不見兩者之合。對於傳統，一位真正的現代詩人，應該知道如何介入而復出，出而後入，以至自由出入。」這正是雙重視野的最佳詮釋。在現代與古典之間，余光中並不視為相反的兩極，而是對話的兩端。在兩種價值之間，他同樣以開放、自由、包容的態度看待，並非視之為兩個囚牢。

對位式的閱讀，至此已確立成為他的審美原則。這對於余光中的詩藝自然極具高度暗示，他連續發表的幾篇評論，都反覆在重申這樣的看法。他寫下〈迎中國文藝復興〉，幾乎就是一篇「新古典主義」的宣言，既是迎戰現代詩壇，也是為他自己《蓮的聯想》建立的美學進行辯護。他說的新古典主義，「是一種重新認識傳統的精神。它利用傳統，發揚傳統，使與現代人的敏感結合而塑成新的傳統；它絕非復古。」發揚傳統，結合現代，是一種橫跨的姿態，兩面都必須作戰。這種腹背受敵的情況，在另一篇〈古董店與委託行之間〉就更為清楚。余光中把食古不化的保守者形容為孝子，把唯西方是瞻的激進現代主義者視為浪子；前者不了解西方，後者則蔑視東方。孝子雖然維護傳統，不必然就理解傳統；同樣的，浪子只熟悉西方的現代，全然不知道現代主義背後其實有雄厚的古典傳統在支撐。

朝向傳統舉旗回歸，在現代主義浪潮中尤其惹人耳目。余光中相信現代與古典可以並置，雙方能夠對話，更可以會通。當他表達這種看法時，《蓮的聯想》的創造工程已臻於完成階段。從表面上看，他似乎是在批判詩壇的兩極現象，其實是在建立自己的藝術觀。接受外文訓練的詩人，在這個時刻特地表達對中國古典的態度，顯然足以反映他內心的焦慮。古典精神之成為古典，只是屬於時間上的蒼老，在藝術上卻是屬於永恆的新。

三

如果古典傳統只是僵化，就不可能產生新的詮釋。一首唐詩能夠衍傳千年，並非是化石那般供人欣賞。在不同的歷史階段，古典詩降臨在不同的讀者身上，自然會散發新的輝光。無上的美，從來不是靜止不動，而是能夠在不同的空間旅行，也可以在不同的時間流動。詩的內在生命，受到時空迴異的閱讀，自然會生動地呈露出來。閱讀如果可以視為一種批評的實踐，則唐詩起死回生時，在宋代就會釋放新的意義，降及明清其暗藏的意義可能被挖掘出來，而更形豐富。站在現代，回眸投向唐詩，解讀的方式更加奇幻多變。唐詩的當代意義，當然可以再創造。閱讀行為不僅是批評的實踐，更是創造力的再出發。如果古典詩行不具活潑的生命，就不可能受到不同讀者的青睞。杜甫、李白能夠在時光隧道持續旅行，就在於他們的作品具備了靈活的現代性。

在面對唐詩時，余光中推崇的詩人竟不是杜甫或李白，而是充滿鬼氣的李賀。長達兩萬字的〈象牙塔到白玉樓〉，是難得一見的李賀論。在余光中的批評中，這是非常奇特而又富饒象徵的詩觀，即使置於學術研究中，也是國內相當罕見的古典詩詮釋。他以現代散文的技巧，以感性與知性相互交融的方式攫住這位唐代詩人的靈魂。在回到傳統的道路上，余光中的詮釋利器不完全是依賴已有的歷代註解，他也乞靈於新批評的思維方式，把細讀的技藝帶到李賀作品的考察。這項嘗試在當時國內學界可謂聞所未聞，即使在現代主義運動中也是屬於開天闢地的冒險。

余光中，《逍遙遊》（台北：文星，1965）。

新批評的艾略特，與古典詩人李賀並列在一起，就足夠造成後現代的美感。他的實踐，無非是為了證明西方現代批評若是能夠存活於台灣社會，則那種批評策略自然也能深刻地延伸到唐代。對東方與西方的文學傳統主軸，他也大膽展開雙軌閱讀，而且是對位式的閱讀。余光中引用艾略特物我交感（objective correlative）的視點，細膩地深入李賀的精神世界。在那鬼影幢幢的心靈中，余光中發現美與醜是同時共存，虛幻與真實也環環相扣。閱讀李賀的感受，余光中說，不是心智的（intellectual），不是情感的（emotional）而是感官的（sensational）。這樣的解釋，幾乎就是余光中詩觀的自剖。因為，知性過於冷靜，距離生命過於遙遠；而感性則又過於灼熱，太貼近生命核心。感官的反應，則是知性與感性的交織，遠近的距離可以互通，冷熱的感覺也臻於和諧。這也是余光中能夠接受的美感：「它留給讀者的經驗，既非思考的，亦非發洩的，而是官能的震撼。」

李賀作品受到這種現代性的評價時，似乎也是余光中在暗示自己的詩觀也進入成熟階段。由於他始終保持雙元的思維，在美學討論上就必須開放而寬容。兩種價值的抉擇總是維繫著平衡狀態，而且不斷彼此辯證：正與反，生與死，美與醜，現代與古典，東方與西方，構成他美學上的對比、貫通、融合。他尤其相信，李賀的深奧與難懂，不在語言層面，而是在於精神境界。余光中甚至認為，如果把這位唐代詩人置放在現代的超現實主義，也毫不遜色。古典永遠是現代的，乃是因為人的心靈世界是一個穩定、永恆的存在，除了文字語言歧異之外，精神是相通的。在一九六〇年代，李賀以現代詩人的身分降臨台灣詩壇，古典世界與現代社會因此獲得接通。這完全是拜賜余光中敏銳的靈視，打通時間與空間的隔閡。

然而，余光中對古典的詮釋並不止於此。他並不相信文學與美學都是屬於進化論，越接近現代，創作技巧不必然就越進步。在另一篇文章〈鳳．鴉．鶉〉，余光中並不贊同後來居上的美學史觀。在現代主義的反傳統風潮裡，古典其實已被污名化，現代則被神格化。這篇重要的批評在於指出，時代無論如何進步，人性與精神世界是不可能進步的。他說：「文學的較高境界，是內在的獨語（monologue），不是外在的對話（dialogue），詩的境界尤其如此。」他的見解延伸出來的意義，無疑是在指出外在的觀察與活動往往淪為假象，唯有內在的感覺才是真實。詩從內心底層醞釀而呈露出來，那是直接的表達，細膩地連接情感上的喜怒哀樂。古典詩人的創作活動若是與自我的生命與心靈緊密銜接，那種真實並不會因為時間的蒼老而衰退。不同時間的讀者，都可以與這樣真實的心靈直接對話。

余光中認為中國古典詩的優勢，不符邏輯思考，卻有利於文學表現：「免於繁瑣的動詞變化，省去主詞的交代，減除前置詞的羈絆，到達了至高無上的純樸和簡潔，同時又不失朦朧迷離之美。」以正面態度評價詩的傳統，乃在於對照現代詩口語的拖泥帶水。詩原就是屬於斷裂、跳躍的語言，依賴的是形象思維，讀者必須接受邀請去參與詩人的想像。「漠漠水田飛白鷺，陰陰夏木囀黃鸝」這樣的詩句，余光中說，「簡直不能再省，而無一字盲，無一字啞」。詩行中所負載的顏色與聲音，千載之後，依舊是栩栩如生。

古典並未死去，其中的精練技巧，還可供現代詩人汲取靈感。余光中相信艾略特的經典文論〈傳統與個人才具〉（Traditional and the Individual Talent），認為現代美感並非孤立存在，背後其實有深遠的古典維繫且支撐。古典詩那樣緊湊濃縮的意象，正是現代詩人必須學習的。今昔可以會通，因為傳統並不能推翻，只能繼承、累積。所有的閱讀總是構成美感經驗的一環，當傳統經過閱讀而成為生命的一部分時，美感經驗就不再只是古典的，而是可以朝向現代延伸。

現代主義運動，不應該孤立地看待當代美感，若是不能超越傳統詩人，則現代就不成其為現代。余光中的批評，既面對傳統，也迎向現代；既注視中國，也瞭望西方。他自我開創的對位式閱讀，從來就是抱持開放的態度，並且也具備突破的膽氣。因為開放，可以能夠兼容並蓄；因為突破，所以能夠超越局限。他一直維持清醒的警覺，意識到自己的美學建構，一是來自詩經以降的大傳統，一是承接五四以降的小傳統。他的文學批評，對這兩股傳統永遠以自我鑑照的方式進行對話、協商、會通。同樣的，對於西方的文學傳統，他也保持密切的銜接、繼承與累積。雙重視野帶來雙軌閱讀，使他能夠採取鎔鑄鍛接的思維。這樣的詩觀，自然也協助他自己走向成熟的詩藝。

四

最能夠顯示余光中詩藝的雙重視野，是他接受現代主義的洗禮，又進一步接受中國古典的加持，〈火浴〉與〈白玉苦瓜〉這兩首經典作品正是恰當的印證。〈火浴〉表現了詩人在東方與西方兩種傳統之間的辯證，〈白玉苦瓜〉則是展現他在古典與現代之間的結盟。兩首詩都是對位式閱讀的典範，也是余光中詩藝上的開放與突破。我在〈拭汗論火浴〉（收入《詩與現實》）曾經有過詳細的析論。經過再閱讀之後，仍然還是承認〈火浴〉是余光中的巔峰之作。這首詩可以視為他現代批評的再實踐。如果創作是一種批評，則批評也是一種創作，兩者可以相互為用。雙元思維開啟了〈火浴〉的追求：

一種不滅的嚮往，向不同的元素
向不同的空間，至熱，或者至冷
不知該上昇，或是該下降
該上昇如鳳凰。在火難中上昇
或是浮於流動的透明，一氅天鵝
一片純白的形象，映著自我
長頸與豐軀，全由弧線構成

余光中，《白玉苦瓜》（台北：大地，1974）。

以嚮往作為意志與欲望，是這首詩出奇制勝之處。對位式的閱讀，在詩中以具體可感的形象呈現。詩人的嚮往，其實是對東方與西方兩個主流傳統的膜拜。詩行之間膨脹著一種張力，既矛盾又統一，既衝突又和諧：火與水，東方與西方，鳳凰與天鵝，上昇與下降，至熱與至冷，恰如其分地把抽象的感覺轉化成現實的經驗。詩人飛翔的想像到達遼敻的邊境，竟能夠以清晰的文字迴旋成透明的詩行，使不著邊際的思維都找到落實的依據。

靜態的形象一旦開始流動，詩的節奏就逐漸加快，使讀者感受到一種速度。在第二節，詩人的嚮往變得更為鮮明：

有一種嚮往，要水，也要火
一種慾望，要洗濯，也需要焚燒
淨化的過程，兩者，都需要
沉澱的需要沉澱，飄揚的，飄揚
赴水為禽，撲火為鳥，火鳥與水禽
則我應選擇，選擇哪一種過程？

句式愈簡單，速度就愈加快。嚮往的意志，是為了獲得淨化，使靈魂更純粹，使生命更昇華。因此淨化的選擇有兩種途徑：是洗濯還是焚燒，是沉澱還是飄揚，是赴水還是撲火。反反覆覆的思考，都圍繞著精神出口的尋找。兩種價值的對峙，隱隱帶著一種撕裂。潛藏的內在張力，逼真地把詩人焦慮、猶豫、徬徨、躊躇的感覺，原形畢露地流竄於詩行之間。

詩的第三節，把所有的暗示都揭開謎底。天鵝意味著西方，鳳凰暗喻著東方，兩種羽禽相互頡頏，僵峙於伯仲之間。但是，真正的抉擇卻仍然還未分明。詩人利用延宕的手法，不斷把具體答案往後推演，使想像被挑逗之後，不能輕易抵達高潮。必須來到第四節，詩人才在兩種元素中間做出了判斷：

有潔癖的靈魂啊恆是不潔
或浴於冰或浴於火都是完成
都是可羨的完成，而浴於火
火浴更可羨，火浴更難
火比水更透明，比水更深
火啊，永生之門，用死亡拱成

西方傳統是詩人美感的根源之一，卻是遙遠的存在，一如詩中的形容，是「寂寞的時間」。相形之下，東方是真正的現實，是不容任何幻想的歷史現實。而這樣的現實，是詩人苦難的生命經驗。他終於選擇投入苦難的東方，完全符合他自己的審美原則。勇於介入現實，以詩筆干涉政治，是他文學的永恆主題。它容許自己的生命投入現實中煎熬，與火浴的想像沒有兩樣。只有讓靈魂不斷接受醜陋現實的考驗，不潔的成分才能獲得淨化。

余光中對於中國近代史的體驗，可能較諸同時期的詩人還來得敏感。這首詩並未彰顯詩人的歷史意識，卻高度寓有強烈的現實感。詩人的嚮往，便是回歸東方傳統。並回歸現實社會。引人注目的是，詩中的「死亡」隱喻。這是〈火浴〉的主題，只有在現實中接受折磨凌遲，靈魂才有可能得到淨化昇華。第六節相當生動地以「千杖交笞」與「交詬的千舌」來形容火刑過程，完成詩人「嚥火的意志」。就像神話中的鳳凰，唯有死過，才能新生。在火舌的鞭笞下，帶著原罪的靈魂，在黥面、紋身過程中禁不住呼喊著「我無罪！我無罪！我無罪！」詩的情緒至此臻於高潮。在「毛髮悲泣，骨骸呻吟」的刑求之後，鳳雛的生命終於展翅復活。

我的歌是一種不滅的嚮往
我的血沸騰，為火浴靈魂
藍墨水中，聽，有火的歌聲

揚起，死後更清晰，也更高亢

詩人的歌，正是詩藝的鍛鍊。在東方歷史的鞭打之下，詩人的文學信仰反而更純粹、更昇華。他的嚮往，並非捨棄西方傳統，至少在靈魂深處的選擇，詩人傾向於對東方的認同。〈火浴〉是余光中逐詩生涯中的一座高峰，攀爬到那樣的高度，無非是借助於在此之前穿越過的不同美學經驗。從詩藝的提煉來看，他每個時期的蛻變，其實都經過不同形式的火浴考驗。

〈白玉苦瓜〉是余光中詩藝到達的另一座高峰，也是對位式閱讀的另一種實踐。詩是一種文字藝術，白玉苦瓜則是故宮博物院珍藏的另一種玉雕藝術。一位是現代的藝術家，隔著遙遠時空觀賞一位未曾謀面的古典藝術。兩種不同手藝，分別展示在不同的領域，卻在同一時空相遇，時間消失，剩下來是空間的對話。全詩分成三節，同樣負載著技藝與記憶：

似醒似睡，緩緩的柔光裡
似悠悠醒自千年的大寐
一隻瓜從從容容在成熟
一隻苦瓜，不再是澀苦

日磨月磋琢出深孕的清瑩
看莖鬚繚繞，葉掌撫抱
哪一年的豐收像一口要吸盡
古中國餵了又餵的乳漿
完美的圓膩啊酣然而飽
那觸覺，不斷向外膨脹
充實每一粒酪白的葡萄
直到瓜尖，仍翹著當日的新鮮

詩人的文字魔力，恰似緩緩運鏡，把苦瓜的生命傳神亦傳真地呈現在讀者眼前。「莖鬚繚繞，葉掌撫抱」，帶著動人的神態，彷彿隔著一層玻璃，可供細細鑑賞。苦瓜的顏色是乳漿，是酪白；形狀是「酣然而飽」，是「翹著當日的新鮮」。閱讀詩行時，如幻似真，苦瓜的具體形象猶在眼前，「悠悠醒自千年的大寐」。甦醒過來的是藝術，是文字技巧，是詩人的形象思維。文字技藝同時也容納歷史記憶，容許讀者窺探詩人內心的獨白，卻又情不自禁會聯想白玉苦瓜的藝匠魂魄。詩人與藝匠的精神，渾然成一體，分辨不出文字較為傳神，還是玉雕本身。兩個藝術靈魂，都同樣在中國土地孕育而成，正如詩第二節的描述：「向那片肥沃匍匐，用蒂用根索她的恩液」。第三節是詩藝的提升與轉折，詩人與藝匠的靈魂彷彿結盟在一起，密不可分：

只留下隔玻璃這奇蹟難信
猶帶著后土依依的祝福
在時光以外奇異的光中
熟著，一個自足的宇宙
飽滿而不虞腐爛，一隻仙果
不產在仙山，產在人間
久朽了，你的前身，唉，久朽
為你換胎的那手，那巧腕
千睛萬睞巧將你引渡
對笑靈魂在白玉裡流轉
一首歌，詠生命曾經是瓜而苦
被永恆引渡，成果而甘

最後兩行，既是喻瓜，也是喻詩，造成一種渾融（fusion）的效果。苦瓜的前身已經腐爛，藝匠的生命也已經毀朽，卻留下精緻的藝術衍傳下來。詩中的巧腕，同時指向詩人與藝匠的技巧；一種引渡的技巧，從短暫到永恆，從現實到藝術，從歷史到當代，化腐朽為不朽。〈白玉苦瓜〉的文字技藝，猶似藝匠的巧腕，神奇地使苦瓜形象生動地再現。如果要瞻仰具體的苦瓜，就必須親臨故宮博物院。這首詩竟能隔空抓藥，有一種特異功能使珍藏的古物置於讀者眼前。詩人以濃縮的文字，描繪從「瓜而苦」到「果而甘」的誕生過程，依賴的豈僅是技藝而已。苦難的記憶，粗礪的現實，鍛造了詩人的生命；經過歲月的千錘百鍊，與畢生穿越的美學經驗，才成就爐火純青的靈魂。必須在藝術上到達一定的高度，才足以與歷史上的藝術展開對話。一首歌詠白玉苦瓜的現代詩，也同樣經歷了從「瓜而苦」到「果而甘」的陣痛經驗。余光中早年的現代詩批評，便不再只是靜態的演出，而是沉澱成為生命的血肉，他的詩觀也昇華成為詩藝，凡腐朽的，在他的詩筆下都能點石成金，翻轉成為神奇的藝術。

本文原載《聯合文學》二八四期（二〇〇八年六月）

夢的消亡

仰望星空，繁星覆蓋，稀薄的光自天外億萬哩投射到眸底時，使人深切覺得自己的渺小。浮游在星球運轉中的生物，比起急逝的流星還微不足道。彗星曳著尾巴劃亮浩瀚長空之際，至少可以讓寒涼的空氣感受它的光與熱。人的生命消失時，無聲無息，即使是一絲微弱光芒也不曾看見。

相對於宇宙，人毫無分量可言。縱然是如此細小，人對自己生命不僅不能理解，對於死亡也還是停留在無知狀態。不知生，焉知死。死亡誠然是困惑的問題，永遠不可能得到答案。唯一可以確信的是，死神雙手絕對是公正無私，在接走每一個生命時，既不偏袒，也不留情。生前無論是睿智或愚鈍，榮華或凋敝，甜美或苦澀，凡置於死神掌上，一切都屬於空無。在那裡，沒有姓氏，沒有重量，沒有時間。

從來沒有人從死亡線的另一邊歸來，當然也就沒有人從那邊攜回任何信息。站在死亡的邊境，生者唯一能做的，便只是送行與告別。噙淚看著最親的人離去，走向何方，歸宿何處，所有的疑問盡付蒼茫。死亡之旅不容體驗，只能容許想像。在虛構的情境，探索、試探、臆測、模擬各種死亡的可能。對於死所創造出來的最美想像，莫過於基督教裡描述的天堂國度，以及佛教裡形塑的極樂世界。那是未亡者的精神極致，或出於恐懼，或出於嚮往，都在反襯人的卑微與無助。

死亡，是生者從未旅行過的地方。因為不曾身歷其境，而又確知那是生命的最後投宿，未亡者遂對死抱持高度的好奇，甚至自我引發致命的吸引力。那一片寂寥的未知地帶，往往挑逗生者無盡的想像。死亡所釋放出來的豐饒意義，在詩史上，毫不稍讓於愛情。自楚辭的〈招魂〉以降，在西方的《奧德賽》之後，死亡形象在詩歌占有極為崇高的位置。

生命是如此短暫而匆促，一如漢代古詩之況喻：「人生天地間，忽如遠行客」，或是「人生寄一世，奄忽若飆塵」。生命從掌握到撒手，幾乎不是脆弱的人類能夠決定。在別人的死亡事件，也無可避免看到自己的命運。因此，詩史上所有的悼亡詩與招魂詩，在很大的成分上也是自祭詩。親友之死，也暗示生命裡的珍貴記憶一併歸於消亡。眼睜睜看著情人遠逝，似乎也見證自己最美好的歲月跟隨埋葬。詩人無需有死亡之旅，就已經嘗到死的滋味。里爾克（Rainer Maria Rilke）的《馬爾特手記》（*Die Aufzeichnungen des Malte Laurids Brigge*）是隨筆性的小說，《致奧爾弗斯的十四行詩》（*Die Sonette an Orpheus*）是情詩組曲的極致，都在描繪他看見的與想像的死亡。他見證的死，都發生在自己的肉體之外。但是，這些悼亡詩也同時傳達了自己的哀傷。肉體未死，精神已逝，隨著愛情一起飄揚。

主啊，給每人以其獨特的死
從那個他活著有過愛，感覺和苦惱
的生命中走出來的死

里爾克詩集《定時祈禱文》（*Das Stunden-Buch*），賦予了死生動的形象。死，彷彿是誕生，是從愛、感覺、苦惱走出來。這是一種逆勢操作的思維方式，正面的描述應該是，生命中有各種不同的愛情、感覺與苦惱，最後都必然歸於死亡。上帝安排每個人獨特的死亡，因為每個人各自擁有獨特的生命。里爾克的抒情詩，往往訴諸明朗的語言與質樸的技巧，使初讀者不覺其深奧。里爾克在詩行之間襯以倒置的思考，遂造成鮮明突兀的效果。死是終結，在他的詩中，竟是活生生走出來。

死亡的迷霧曾經圍繞過上世紀一九五〇年代的台灣，那時流亡的難民潮猝然席捲命運未卜的海島。隨著浪潮被沖刷到島上的詩人，無可避免處在一個前生今世的歷史情境。他們的家國鄉愁尤為濃稠，卻又找不到紓解的出口。在抑鬱的年代，詩句中如果浮現死亡的意象，應不致引起訝異。

鄭愁予是台灣抒情傳統的重要擘建者，在早年就已嘗盡歲月的荒蕪滋味。對於死，他頗具超脫的姿態。與他的時代相互鑑照，鄭愁予抱持著浪漫情懷來看待死亡。他有兩首詩，〈清明〉與〈厝骨塔〉，都是以逝者的身分回望他的世界。〈清明〉是詩人對死的臆想，似乎有意要篩濾時代的悲傷，全詩讀來平靜怡然。詩中的逝者，靜靜躺臥，仰望群星的凝視：

星辰成串地下垂，激起唇間的溢酒

霧凝著，冷若祈禱的眸子
許多許多眸子，在我的髮上流瞬
我要回歸，梳理滿身滿身的植物

我已回歸，我本是仰臥的青山一列

詩中的「回歸」，對他的時代帶著些微嘲弄。思鄉懷舊是一九五〇年代回歸的動力，鄭愁予並不是回歸大陸，反而是大自然。死被描繪出極致的美，幾乎可以窺見詩人的唯美傾向。然而，放在時代的政治脈絡來看，卻又無比反諷。在清明節寫出這樣的自祭詩，意味著一種落地生根的嚮往。詩中的幽魂與青山結合時，現實的哀愁無疑得到了昇華。這首〈清明〉，使人強烈想起日據時期作家龍瑛宗的小說，他在〈植有木瓜樹的小鎮〉是這樣想像著死的情境：「而我非靜靜地橫臥在冰冷、黝黑的地下不可。蛆蟲等著在我的橫腹、胸腔穿洞。不久，墓邊雜草叢生，群樹執拗地扎根，緊緊絡住我的臉、胸、手腳，一邊吸著養分，一邊開花，在明朗的春之天空下，可愛的花朵顫顫搖動，歡怡著行人的眼目。」

詩人與小說家都同樣屬於浪漫主義者，不僅不畏懼死，還給予耽美式的頌讚。不過，龍瑛宗還懷有沉重的理想，鄭愁予則有一種還諸天地的氣概。另外一首詩〈盾骨塔〉，更流露一種自我調侃的幽默。死不再是恐懼，也不是威脅，竟是一種近乎人性的親切。詩行簡潔流利，勾勒出軍人公墓的寧靜風景。逝者與生前的同袍，並列臨窗眺望寺外的山色，也一起回憶陣亡前的最後戰役。生死之間完全沒有界線，世間的日日夜夜依舊是平凡循環著。整首詩的最後五行，對逝者的心境刻畫得特別生動：

窗下是熟悉的掃葉老僧走過去
依舊是這三個樵夫也走過去了
啊，我的成了年的兒子竟是今日的遊客呢
他穿著染了色的我的舊軍衣，他指點著
與學科學的女友爭論一撮骨灰在夜間能燃燒多久

一股溫暖的情感迂迴在柔軟的詩句，親情與愛情不著痕跡地揉雜在慈祥的無語裡。沉默的靈魂靜觀兒子以遊客的身分出現，並且還看到同行的女友。兒子並未前來祭拜，但是身穿染色的父親舊軍衣，恰如其分地暗示了父子之間的貼身之情。兒子與情人爭論磷火的燃燒之際，意味著已經克服喪父之痛。天人永隔的距離，在暖和的詩行裡驟然拉近。一如尋常的家居生活，父親沒有絲毫驚喜的激動，兒子也沒有傷慟的沉鬱；在那樣的時刻，父子之間的對話已經神祕展開。多少劇烈的情緒已經得到稀釋、沖淡、昇華。

鄭愁予是浪漫主義的詩人，他觸摸過的天地、星月、山河，無不沾染濃郁的情感，那種稀罕的甜味，僅能在他的詩行見證。同時期的詩人瘂弦，是徹底的現代主義者，忠實地執行逃避個人情緒的美學原則。鄭愁予尊崇熱情，瘂弦則偏愛冷酷。一位強調感性，一位主張知性。因此，兩人表達的死亡意象，全然迥異。

瘂弦詩集《深淵》，匯集了流亡年代最為深層的時代感。面對一個永遠回不去的故鄉，迎接一個沒有確切答案的未來，詩人內心變成暗潮洶湧的幽谷。那是希望與絕望交會的空間，也是期待與失落的重疊的時間。在詩集裡，可以窺見詩人的夢在掙扎，上揚與下降的情緒湧動得特別激烈。〈焚寄T.H.〉是一首悼亡詩，在於紀念現代詩運動者的先驅覃子豪。詩藝與生命的重量，在這首詩裡是等值的。瘂弦面對一位逝去的詩人，終於覺悟到生命的不死，並不能完全寄望於肉體；能夠使生命延續下去，唯詩而已。詩人死後的歸宿在何方？這首詩提出的答案可能是星與夜，是鳥或人，是葉子，是雨，是遠洋捕鯨的漁船。層層的扣問，無非在透露對逝者的懷念之激切。瘂弦過濾個人的情緒，剔除不必要的哀傷，終於冷靜地找到逝者的靈魂。

在我們貧瘠的餐桌上
熱切地吮吸一根剔淨了的骨頭
——那最精巧的字句？
當你的嘴為未知張著
你的詩
在每一種的美讚下
拋開你獨自生活著
而你的手
為以後的他們的歲月深深顫慄了

詩人遠離世界之後，留下他精美的作品，留給那個年代猶呈荒蕪狀態的詩壇。詩行沒有任何濫情的歌頌，而以「貧瘠」、「未知」、「顫慄」來概括詩人之死是現代詩運動的最大損失。為什麼貧瘠？因為那個年代還未出現更為豐饒的作品。為什麼未知？因為無法預見未來會有更傑出的詩人誕生。為什麼顫慄？因為懷憂著後來的詩人不能超越逝者。全詩都是以反面的字句來肯定覃子豪的詩藝成就，一方面可以避開憂傷，一方面可以提高對藝術的自我要求。死亡，對於一位詩藝的追逐者，其實是不死。

瘂弦，《深淵》（台北：晨鐘，1971）。

瘂弦對世界的觀察，總是採取一種疏離的態度。那種疏離，帶著冷淡，卻不是絕情。相反的，有一種溫情在詩中隱隱流動。他的冷淡，也不是冷眼旁觀，卻是一種以退為進的介入。〈殯儀館〉這首詩的主題也是死亡，竟然以童話詩的形式來表現。在青少年的世界，來不及認識生命的奧義之前，便已領受了死亡的滋味，那絕對是一個不尋常的時代。死亡的早熟，卻是生命的早夭；潛藏在詩裡的批判與抗議，近乎諷刺：

食屍鳥從教堂後面飛起來
我們的頸間撒滿了鮮花
（媽媽為甚麼還不來呢）

男孩子們在修最後一次鬍鬚
女孩子們在搽最後一次胭脂
決定不再去赴甚麼舞會了

詩的節奏，帶著歌謠的律動，彷彿是告別式裡的一首哀歌。詩行的插入句：（媽媽為什麼還不來呢），暗喻著母親與孩子之間的親情，而那樣的孺慕從此便遭到隔絕。然而，這竟不是一個孩子的死亡，而是「男孩們」、「女孩們」的遠逝；暗示了一個戰爭離亂的時代，有多少家園天倫被毀壞、被撕裂。死，不再是不死。在那樣絕望的年代，流離失所的年代，死是枯萎，是消失，是永別。

瘂弦在早期的詩作中，不乏模仿的贗品，如〈春日〉是里爾克的因襲，〈山神〉是何其芳的複製。然而，即使是仿作，已可發現他無法掩藏的才情。戰後現代詩傳統的建立未及二十年，瘂弦就創造了經典式的詩，至今猶在傳誦。瘂弦封筆於一九六五年，楊牧在當時就已焦慮的期待：「我們等著他怎麼樣從〈一般之歌〉變化出來。」楊牧的等待，畢竟還是落空。現代詩運動在那時期正臻於高峰，瘂弦對佇等的詩壇所給予的回應，竟是詩人之死。

觸探死亡的主題，始終是詩人精神之旅中最迷人的探險。畢竟那是一個空白的符號，隨時都可以填補衍生全新的意義。鑑照過去，瞭望未來，死亡的意象正好可用來作為中介的容器。死亡並非只是寂滅而已，有時也是追求再生的契機。同樣是描寫殯儀館近似的意象，白萩擇取醫院的太平間來反思自己的生命。題為〈叫喊〉的短詩，滲出的聲音竟是求生的意志：

太平間漏出一聲叫喊
太平間空無一人
死去千百萬次的房間

卻仍有一聲叫喊

有那麼多人在醫院死去，並不意味每個生命都是馴服地告別。在離去之前，想必還有不少人眷戀這個世界，也還有人企圖延續生命中的未完成。死神的雙手是如此堅定攜走生者，但是詩人相信，他聽到了太平間傳出求生的聲音。那種叫喊的力量有多大，請看詩的最後兩行：

一滴血漬仍在掙扎
在蒼蠅緊吸不放的嘴下

以血漬隱喻生者，以蒼蠅暗示死神的無所不在。白萩的語言大約是現代主義中最接近生活中的說話。但是，詩的說話並不是張口見喉式的白話。白萩語言的動人之處，是生命深處釋放出來的肺腑之言，那不是抽象文字的鍛鑄，而是人生體驗獲得的思考。詩藝的提煉，需要全部的生命投入進去。這首詩看來極為淺顯，卻是詩人見證真實的生死場景之後的體悟。以「蒼蠅緊吸不放」的意象，襯托死神獵取生命的醜惡形象，更加可以對照出生之欲望的掙扎。

白萩的詩常常造成閱讀的顫慄，他對現實生活的觀察非常透徹而犀利，幾乎從未掩藏內心的不滿與不快，也因此在不經意間流露強烈的批判意識。他創造的「阿火世界」詩作系列，以及稍後的詩集《香頌》，相當精確勾勒出一九六〇年代市民生活的精神狀態。在「阿火世界」的連作裡有一首〈天空〉，幾乎把那個年代受到囚禁的感覺釋放出來。天空是一種反諷，用來彰顯人的渺小與壓抑。天空應該是寬宏、開闊、慈祥，正如詩中的第一行：「天空必有母親般溫柔的胸脯」。但是，在藍天的覆蓋之下，人的命運並未得到恰當的撫慰：

而阿火躺在撕碎的花朵般的戰壕
為槍所擊傷。雙眼垂死的望著天空
充滿成為生命的懊恨

不自願的被出生
不自願的被死亡

然後他艱難地舉槍朝著天空
將天空射殺

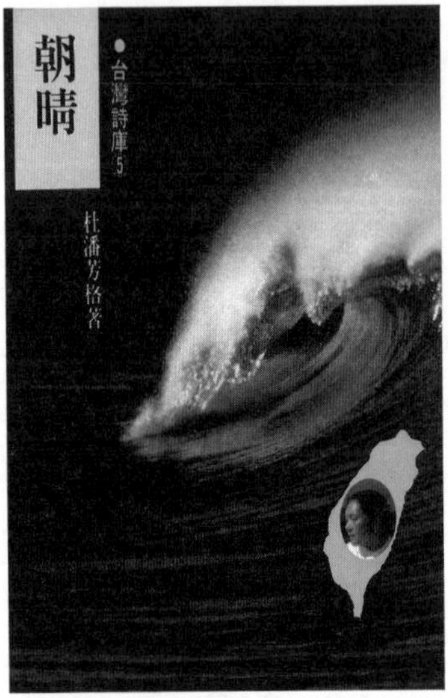

杜潘芳格，《朝晴》（台北：笠詩刊社，1990）。

「天」的意義，在詩中不只是母親的形象而已，似乎還有「天命」的意涵，代表一種權力與意志。同樣的，詩中的阿火也並不意味一個特定的小人物，可能是詩人自己，也可能是芸芸眾生。塑造一位虛構人物，自然是為了避免窄化整首詩的意義。閱讀時，彷彿在觀賞一齣短劇，看到一個在殘酷現實中敗北的生命。撕碎、擊傷、垂死、懊恨，都是陰翳負面的價值呈現。在找不到思想出口的環境裡，人的自由意志都完全被徹底剝奪，活著或死去，都不是出於自主的意願。在絕望的時刻，阿火並不舉槍自殺，而是射殺天空。這是非常存在主義式的抗議，那也是尼采的思維方式。沒有人的存在，太陽的存在就失去意義。生命死去，天空的存在也不再有任何積極價值。在某種意義上，白萩的阿火世界近乎虛無主義。不過，如果容許把這首詩放回那時代的歷史脈絡，詩人的批判意圖顯然是可以理解的。

所有的悼亡詩，都有自祭的況味。死，有時候並不是屬於幽暗或終結。杜潘芳格的詩〈在桑樹的彼方〉，死亡竟是甜美的記憶。這首追思父親的短詩，把死亡想像素描成美麗的遠山。父親留給女兒的記憶是那樣溫馨，詩人相信逝者是由飛蛾送行的：「搬運亡逝的人的靈魂的，傳說是飛蛾呢」。為什麼捨蝴蝶而取飛蛾？詩人說，在停息時，蝴蝶的翅膀合併起來；飛蛾則是張開雙翼，一如天使的模樣。

杜潘芳格選擇桑樹，也是用意至深。桑樹與梓樹都是由父母親手栽植，因此隱喻著父親歸宿的方位。這首稀罕的詩，對於父女之情並未有過多著墨，但是詩中釀造的氛圍，油然泛起幸福的感覺。詩中的死亡，被形容為「要去的好地方」，「是一點都不可怕的事」。全詩的最後兩行，猶如一首飄揚的音樂：

> 從桑樹那細細的鋸齒狀的罅隙，我正向著遠遠的，
> 遠遠的那邊，那高高的山巒抬舉十七歲少女的眼眸。

遠遠的高山是父親埋葬的地方，竟也是美好的記憶的寄託所在。原是屬於荒遼疆界的死亡，在女兒的感情裡變成可親的近鄰。如果有所謂「詩眼」的話，詩行裡的「十七歲少女」是重要關目，代表一種純潔乾淨的無垢幸福。感傷的情緒，因父親的死而得到前所未有的洗滌。使傷害化為幸福，詩的力量竟至於此者。

死亡想像在現代詩裡幾乎俯拾可得，無論是懷抱恐懼或嚮往，無非都在暗示詩人對生命的擁抱。死亡沒有確切的定義，因為它沒有具體的實驗，也沒有一定的疆界。死亡，不純粹是陰影或深淵，而是夢的極致。如果死亡書寫是詩人的共通主題，則浪漫主義的美學似乎不曾在台灣消亡。死亡的議題如果終止，做夢的能力也隨之消亡。

本文原載《聯合文學》二八一期（二〇〇八年三月）

純粹與粉碎

一

時間是什麼？一粒麥子落地，一顆種籽抽芽，在生死剎那，時間隱藏其中。一場合唱升起，一齣歌劇落幕，從開始到結束，時間恆在流動。候鳥從北地滑行到南方，忍不住告知季節的變化。蝶翅在風中掙扎，似乎在暗示春天的信息。時間是看不見的，卻以各種形式呈現：直線的，曲折的，反覆的，旋狀的，循環的。時間有它一定的速度：奔馳，趨緩，遲延，凝滯，靜止。時間也常常創造強弱不同的感覺：愉悅，開朗，苦悶，凌遲，囚禁。時間依附在生命，才會產生意義。沒有生命，就沒有時間。然而，時間也並不等於生命。

時間是消逝，是無盡止的消逝，義無反顧。

生命是累積，是不懈怠的累積，毫不稍緩。

生命與時間永遠是在競逐狀態，那是創造與毀壞之間的持續對決。時間挾帶而來的破壞力量，所向披靡；它可以使記憶稀釋，使感情淡化，使理想磨滅，使意志脆弱。那種決絕的力量銳不可當，既沖刷又淘洗，任誰都無法抵禦。相對於激流蕩蕩的時間，生命看來是微不足道，也許是風中一葉，也許是滄海一粟，最後都要遭到淹沒。如果生命還有可為，僅有的抵抗方式，唯創造而已。

只有訴諸創造，生命才有可能把時間轉化成空間。時間永遠隨風而逝，空間則能保留下來。所有的藝術追求者，都相信透過創造而使生命沉澱。文明之所以成為文明，是在時間洗刷過程中，生命藉由具體的形式得以保存。具體形式可能是文學，是繪畫，是雕塑，是音樂，在流動的時間裡可供反覆閱讀、鑑賞、聆聽。一個音符在空氣中飄揚，帶著節奏、旋律、速度、抑揚，撞擊著耳膜與心臟，以致情緒、情感因此而被觸動，藝術就在那神祕的時刻誕生。音樂一直被視為時間的藝術，因此每一首樂曲、歌劇演出時，都必須在一定的時間內完成。縱然它是屬於時間的藝術，重點卻不在時間，而是在藝術。依附在音樂的飄揚，時間在那特定的時刻就獲得具體意義。但是，時間終究是要消失，藝術卻可保留下來。

沒有經過創造的時間，只能變成靜態的歷史，而音樂卻能夠跨時代、跨世代重複演出。音樂揚起時，生命也隨之宣告復活。藝術可以昇華成為永恆，成為不朽，祕密就在這裡。當藝術作品反覆獲得閱讀與聆聽，創造者的生命便永遠在飛翔，在滑行。

二

詩人也是藝術的創造者，生來就注定要與時間對抗。他們追求想像，描摹愛情，形塑感覺，依賴的是平面文字。接受時間的煎熬與折磨，詩人終於把聲音、節奏、意象、思想鍛鑄成詩行。從詩行到詩行，可能是靜態的。但是，一行詩句在什麼時候被誰捧在手中閱讀，竟然擦出情感的火苗，在內心燒起無可名狀的火焰。閱讀不再只是單純的閱讀，詩行帶來了炙痛，催醒前所未有的想像。在那時刻，兩個陌生的靈魂終於相遇，啟開一場無法置信的對話。到底是讀者進入詩人的生命，還是詩人盤踞了讀者的魂魄，簡直不能說得清楚。詩行所創造出來的對話空間，絕對不是時間能夠輕易毀壞。時間的侵蝕被排除在外，詩人的生命就可藉各種形式的閱讀而衍傳下去。

台灣詩人行列中，對時間意識的反應最為強烈者當推方思。受到里爾克影響特別深遠的方思，在一九五〇年代出版詩集《時間》（一九五三）之後，便著手翻譯里爾克的《時間之書》（一九五八）。現代詩運動還在發軔階段之際，方思是最早意識到時間與存在的問題。每一行詩，讀來是那樣簡短而晶瑩剔透，卻負載著豐富的歷史意識。那種敏感，確實與里爾克維繫著血緣特別接近的關係。

年輕時，閱讀《時間之書》譯詩的第一首，內心便泛起奇異的感覺：

怎樣時間俯身向我啊
將我觸及
以清澈的，金屬性的拍擊：
我的感覺戰慄著，我感覺我自己的力——

這有所形成的一日我將牠握緊。

時間可以形象化，是里爾克最擅長的技法。在他的詩行，時間最具姿勢，也有重量，更有行動。每次重讀這些詩行，往往產生不同的體會。時間的力量從何而生？那種力量來自宗教信仰。在崇高的神與卑微的人之間，神是永恆，人是短暫。相較於無上的存在、不受時間拘束的存在，人只不過是宇宙一瞬。里爾克在讚美上帝時，看到渺小的自己。精神位階的落差，造成了重量的撞擊。當他說時間，意味著上帝的存在。卑微的人向上仰望，時間自然俯身下來，重量因而產生。

詩行是那樣衰弱，猶里爾克承認自己的生命是那樣卑微，卻因為書寫下來了，卑微的時刻反而也跟著保存下來。完成於十九世紀末期的詩句，不僅跨時代地被接受閱讀，也因為透過翻譯而跨國界地受到傳播。里爾克的時間消失無蹤，他的詩句卻不停召喚世世代代的心靈。

方思詩集的主題詩〈時間〉，並未從宗教信仰出發。詩中描述的時間，全然指向人的生命。這首詩的開端，頗有里爾克的意味，以上升與下降的意象來概括時間的去與來：

一顆顆星昇起，一顆顆星
隕落，急劃過深邃的夜空

閃耀一道火光，然後靜默
黑沉沉的曠野，歷史正在創造

星球的運行，季節的移動，完全是屬於物理的時間，而不是文學的時間。如果時間是依附在文學，生命的律動才變成可能。時間能夠產生積極的意義，是因為生命啟開創造的動力。凡是創造，瞬間可以成為永恆，一如詩中的境界：

而宇宙的精神與我合一
一顆心爆發，充滿了痛苦的憐憫
以及同情，以及愛，爆發，像一座崇高的火山
一瞬間燒着光明，衝流着紅熱的岩漿
時間消失，而時間正在大踏步前進

大自然的運行與生命的流轉結合在一起，時間才有可能昇華成為價值。同情與愛，是藉著人的生命而獲得實踐。愛的實踐一旦啟動，猶崇高的火山燃起了光明。方思的詩富於哲學思考，尤其在最後一行出現兩個「時間」，更值得深思；前者屬於消逝的歷史，後者屬於猶

待追求的未來。他強烈釋出一個重要信息，所有的實踐都發生於現在。對於肉體的生命而言，及時而即時的實踐，遠勝過於對過去悲嘆、對未來憧憬。全詩的旨意至此明顯呈露，時間最具體的意義，都誕生於「現在」。這樣的思維模式，頗近於里爾克所追求的「上昇」。里爾克對生命的詮釋，往往以樹作為隱喻，就像他的經典作品《致奧爾弗斯的十四行詩》的開宗明義第一章，生命就是屬於昇華的狀態：

那裡升起過一棵樹。哦，純粹的超升！
哦，奧爾弗斯在歌唱！哦，耳中的高樹！
萬物沉默。但即使在蓄意的沉默之中
也出現過新的開端，徵兆和轉折

（林克譯）

樹，音樂，生命，在里爾克詩中常常是可以互喻。他的詩善於釀造崇高、寧靜、肅穆的氣氛。在宗教的時間裡，萬物俱寂，但是那樣的沉默並不等同於靜止狀態。流動的生命，永遠在時間長河裡啟開新的起點與新的轉折。這是因為里爾克的生命時時都在追求創造，使每一個時光日新又新，生生不息。

稍具時間意識的詩人，總是警覺著讓自己的生命毫無止境地追逐。時間是抽象的，難以具體描繪。然而，被時間驅趕的詩人，在蒼老心境浮起時，又不甘被馴服。他們苦思著時間的幻化，而在自己的肉體生命找到確切的詮釋。以朽壞的身軀去試探時間的深度，唯一能夠依賴的便是意志。創造的意志，詩人相信是能夠逆著時間邁進。

微近中年時期的楊牧，對時間尤為敏感。他在一九七五年完成的詩作〈背手看雪〉，完全沒有隻字片語及於時間，然而全詩首尾卻貫穿鮮明的時間意識。他以雪花隱喻時間的速度，以一片冰心暗示著自我鑑照。純情的時間一似雪花，急急逼著詩人走向垂老，但是詩中暗藏著抗拒的意志，當他寫出下面四行作為結尾時：

> 惟有一種呼聲以抽搐的節奏
> 介入歌頌和詛咒之間升起，而與
> 雙足等高，我憔悴回首注視
> 一盆紅花在潔淨的床頭怒放

在室外，詩人漫步在雪地，印上薄薄

楊牧，《北斗行》（台北：洪範，1969）。

的腳印。那種涉雪的經驗，彷彿是在體會時間的冰涼。當他回首望向室內，床頭竟有一盆紅花盛開。楊牧有意在詩裡創造一個空間，在那歌頌與詛咒的時刻，體內體外的感覺截然不同。身軀外面是冷酷的時間在侵襲，使他看來憔悴蒼老。但是，肉體內部竟燃燒著烈火，就像那一盆怒放的紅花。三十年前的楊牧，在時間的折磨中重新檢視自己的情感、知識之際，全然無懼於蒼老的降臨。他的意志為自己攜來創造的力量，那些讀來感傷的詩，禁得起時間的考驗，反而凝結成生命中的特殊美感。受傷的中年畢竟已經遠逝，他的詩留下來作為見證。背手看雪的身影猶在漫步，那一盆紅花也還在怒放，縱然時間已都成為過去。

三

西方現代詩人中最具有歷史意識的，莫過於艾略特。他追求現代的變革，卻永遠沒有捨棄對傳統的尊重。更為確切地說，傳統從來沒有變成過去，反而可以用來支撐現代。他的長詩《荒原》（*The Waste Land*）與《四首四重奏》，反覆求索的無非是時間意識的流變。這位皈依英國國教的詩人，在詩中傳達的宗教信念，毫不稍讓於里爾克。然而，在里爾克那裡，時間大多以上升的狀態出現；在艾略特這邊，時間恆在下降。這是可以理解的，艾略特對於西方現代文明總是持悲觀態度。因此，詩中時間與生命的互相衝突，較諸里爾克而要劇烈。

《四首四重奏》的第一首〈焚燬的諾墩〉，便是以辯證的時間作為開端：

時間現在與時間過去
也許都出現在時間未來
而時間未來則包含於時間過去
如果所有時間是永恆的現在
則一切時間無可救贖
——艾略特《四首四重奏》

在他的思考裡，時間是有層次的，而不是呈平面狀。因為有過去，所以現在才可以從事救贖；因為有未來，救贖才可以期待。時間是一種累積，過去是因，現在是果；現在是因，未來是果。傳統之所以形成，是因為所有的創造能夠接受考驗而累積起來，正如他的詩所說：

或許存在了的或已經存在的
指向一個結局，那是永遠存在的

從審美觀念來看，從文學創造來看，正是如此。更直接地說，現在是過去的未來，現在也是未來的過去。一切時間都會成為過去，平凡的生命若沒有任何作為，是不可能得到存在，而只能像時間那般流逝。但是能夠掌握時間，轉成為創造性的存在，則平凡的時間也可提升為生命而存在下來。對於詩人而言，時間現在（time present）是生命最重要的承接點；一方面延續傳統，一方面也創造傳統。

對生命、對時間、對歷史、對傳統都同樣重視的台灣詩人，余光中是不二人選。在他詩中，時間的流動感比誰都還敏銳。遠在一九六〇年出版《萬聖節》時，就收了一首〈飲一八四二年葡萄酒〉。藉由陳年葡萄酒的酌飲，他越過時空想像當初釀酒的情景。這可能是最早的一首後設現代詩。品嘗南歐的醇酒，他建構了葡萄園裡發生的愛情故事，也聯想到文學史上浪漫主義詩人的雪萊（Percy Bysshe Shelley）與濟慈（John Keats）。跨越時空的歷史意識，暗示著余光中富饒的想像。他對時間的警覺，並不必然來自艾略特，但是他對古典、歷史、傳統的態度，則與艾略特有互通之處。

台灣詩人的歷史意識往往保持著雙重視野（double vision），既要接受來自中國的文學傳統，也要關心西方文學傳統的流變。這是因為現代主義思潮並不是自發於東方文化的內部，而完全是拜賜於資本主義傳播與西方政治文化的支配。所有接受現代文學形式的作家從事創作時，自然而然會同時注意西方與中國文學史的雙軌。以余光中、楊牧、洛夫、葉維廉的詩觀來印證，都同樣對雙軌式的傳統具有高度自覺。

因此，艾略特詩中提到的「現在時間與過去時間／兩者或許都在未來時間」，如果運用在文學史的解釋，應該做如下的延伸詮釋：西方的現在時間與過去時間，兩者或許都在東方的未來時間。現代主義運動畢竟不是局限於西方的資本主義社會，那樣的文學思潮，也隨著政治、經濟、文化的交流而傳播到西方以外的世界。然而，文學理論與審美觀念一旦離開最初的發生地，就有可能受到變造、鍛鑄而產生新的詮釋與新的內容。艾略特詩學一旦在台灣社會展開傳播，其精神內容為了適應新的環境，便無可避免受到再詮釋與再定義。

艾略特最具歷史意識的詩論〈傳統與個人才具〉，在台灣大約有四種版本的翻譯。對於一九六〇年代台灣現代詩運動，產生的影響可謂至深且鉅。余光中與洛夫發生的「天狼星論戰」，似乎只是兩位詩人之間的對峙與對話。不過，論戰所激起的周邊效應則不容低估。在早期運動裡，詩人似乎都是把傳統與現代對立起來。經過這場論戰，歷史與古典的地位獲得了全新的評價。余光中以具體的創作來回應洛夫，那就是引人議論的詩集《蓮的聯想》。如果「未來時間包容於過去」可以成立的話，那麼台灣現代詩運動回首望向傳統、重新消化傳統，正好做了最好的詮釋。

從余光中的現代詩生涯來看，《蓮的聯想》是重要轉折。而《白玉苦瓜》又是另一不能忽視的轉折。《蓮的聯想》側重在形式上回歸傳統；《白玉苦瓜》卻在精神上、思想上完全擁抱傳統。這並不意味詩人與現代精神有所背離，而是在現代技巧注入變革之際，古典精神也同時鎔鑄其中。白玉苦瓜是故宮博物院珍藏的一件骨董精品，這首詩則是余光中的創造歷程中的另一精品。時間與生命的辯證，詩中做了最精確的闡釋：

久朽了，你的前身，唉，久朽
為你換胎的那手，那巧腕
千眄萬睞巧將你引渡
對笑靈魂在白玉裡流轉
一首歌，詠生命曾經是瓜而苦
被永恆引渡，成果而甘

詩中的關鍵詞就在「引渡」，那是創造的隱喻，是昇華的象徵。真實的苦瓜已經朽壞，骨董苦瓜的造物者也同時朽壞。激流的時間無法沖刷淘洗的，竟是供在博物館裡的藝術品。面對這件藝術，簡直是見證動人的生命，「似睡似醒，緩緩的柔光裡／似悠悠醒自千年的大寐」。被創造出來的白玉苦瓜，又一次經過詩人的手而再度被創造。即使沒有真正看見這件稀有珍品的展覽，透過這首詩似乎也看到栩栩如生的藝術品。從朽壞的手，創造出不朽的藝術品，時間與生命的定義至此判然分明。能夠留下來的屬於生命，不能留下來的屬於時間。

正是有這樣的體悟，余光中才有勇氣寫下另一首詩〈與永恆拔河〉。物理時間與心理時間的相互拔河，憑藉的不只是創造，還需要堅強的意志來支撐。每位詩人的心理時間都是有限，而宇宙自然的時間無盡無止。在有生之年，詩人與時間的對抗最後注定是要輸去。肉體之身如果放棄了創造的意志，結局自然是片甲不留。但是，詩人總是相信，縱然是一場不公平的拔河，在時間獲勝之前，生命至少可以留下一些蛛絲馬跡，為自己作為雄辯的見證。投身於不懈怠的創作，原就是對時間最好的答覆與報復。

究竟，是怎樣一個對手
踉蹌過界之前
誰也未見過
只風吹星光顫
不休剩我
與永恆拔河

詩中所流露的傲慢意志，在於表達生命自有其強悍的一面。只要能留下一件藝術作品，時間就不可能全盤皆勝。藝術的純粹，必須經不斷提煉與不斷追求。就像白玉苦瓜那樣，雖死猶生。放棄了努力，放棄了意志，放棄了創造，生命毫無意義，僅剩下一堆粉碎的時間。

本文原載《聯合文學》二八〇期（二〇〇八年二月）

孤獨是一匹獸

割捨一個相互取暖的世界時，孤獨便無端襲來。它沒有聲音，沒有顏色，沒有氣味，卻具有質感與重量。孤獨的質感無法丈量，但可以使人觸及它的寬度與厚度；寬如荒野的空曠，厚如大海的蒼茫。孤獨的重量也許無法磅秤，使人不知如何承受；有時沉重如教堂鐘聲，有時輕盈如子夜星光。當它降落在脆弱的心房，一種不能言宣的情緒得不到排遣；如果不是使人泫然欲泣，不然就是哀慟欲絕。

那是一種精神狀態，沒有人能夠前來分擔。這樣的狀態不可預知，閉鎖時如囚禁在密室，開啟時竟迎進虛無的風。孤獨的滋味，近乎詩的境界。渺小的身體，往往負載宇宙巨大的寂寞；就像一首篇幅有限的短詩，多則四行，少則兩行，暗示了複雜重層的意象與意義。那是孤獨的力量，使創造者都隔絕在庸俗的世界之外，任由想像驅趕到凡人不能到達的邊界。詩人沉浸在詩的構思時，可能出神，也可能入神，猶莊周夢蝶，翱翔於真實與虛幻之間。詩人既是出世，也是入世。詩在釀造時，處在遙遠的空間；完成時，又將回歸到沒有距離的人間。

在詩的世界，孤獨是一種崇高；在紅塵世界，孤獨則彰顯為一種美德。因為孤獨只會壓迫詩人，完全不會傷害社會。在離群索居的孤獨與群居終日的熱鬧之間，詩人自然知道如何抉擇。所有的藝術都是在隔絕而遙遠的時光裡誕生。詩人選擇在孤獨的空間從事創造，幾乎是在模仿神的事蹟。上帝說，要有光，光就來了。在那混沌的宇宙，前無古人，後無來者，唯上帝可以從黑暗裡看到生命與形象。沒有任何生命，沒有任何存在，參與如此的神蹟。詩的創造，應該可以視為具體而微的神蹟。上帝藉由詩人的手與意志，擘劃了另一個小小的創世紀。就在那個時刻，開天闢地時上帝承受過的孤獨，也奇異地降臨在詩人身上。

在混亂的語言、聲音、文字中，詩人發現了一首詩，並且經由他的手使語言秩序得以獲致安排。從無到有的創造，使荒涼的塵世綻放詩的花朵，這是詩人的美德。把孤獨留給自己，讓世界不再寂寞，那樣的精神境界已近乎神。楊牧完成一冊札記式的散文《疑神》，充分表達他的宗教觀。他不僅疑神，而且疑鬼，顯然反覆在闡釋自己的無神論。自稱無政府主義的無神論者，楊牧的內心深處其實供奉了神；在他精神層次最高的地方，確實有神存在，而那就是詩。世間的安那其主義者，絕對不是想像中那樣虛無，最深邃的靈魂底層，仍然還是持有最高的信仰；縱然他們所尊崇的可能不是詩，也不是神。但是，只要有信仰，神就在那裡，詩也在那裡。

詩人自稱安那其或無神論時，似乎已經在暗示，在信仰與詩之間必有互通的精神狀

楊牧，《疑神》（台北：洪範，1993）。

態。那種形而上的狀態如果必須命名，唯孤獨庶幾近之。無以名狀的孤獨，對於詩人是有具體可見的形象。在創造的時刻，詩人與孤獨相處，幾乎分不出彼此。詩人的思考有多高，審美有多深，孤獨都能到達。反過來說，孤獨有多抽象，有多虛構，詩人也能夠找到具體形象呈現出來。自我放逐的詩人楊牧，在回歸之前完成一首詩〈孤獨〉，詩中以獸的形象描繪中年前後的心情：

孤獨是一匹衰老的獸
潛伏在我亂石磊磊的心裏

這首詩是典型的放逐心情。放逐的形式有兩種，一種是空間的，一種是時間的。空間的放逐，也許是因政治理由而被迫離鄉背井；那種流亡往往造成心理創傷，成為生命中永恆的烙痕。不僅僅是因為身體遭到刻意的遺棄，甚至親情、友情、鄉情也一併受到棄擲。時間的放逐，應該是指生命距離青春愈來愈遠，永遠回不去年少時的精神原鄉。楊牧的詩，屬於時間上的放逐。他並不傷春悲秋，而是對自己年輕歲月的遠逝有一種悼念，卻又安然接受向晚歲月的降臨。

楊牧以一匹衰老的獸自況，其中當有豐富的意涵。獸，隱喻著曾經騷動過的欲望，也隱喻著飛揚的、上升的意志。充滿生命力的形象，在詩中已經蟄伏下來，換取一個衰老的年齡。詩裡的獸，並非從此不再躍動，而是以「潛伏」的姿態隱藏在詩人的心。那匹獸，有時仍然嚮往行雲在「天上的舒卷與飄流」，但是也必須面對「委棄的暴猛」與「風化的愛」。青春與蒼老的強烈對比，映襯了詩人內心無邊的孤獨。時間的力量，挾帶著侵蝕的、破壞的作用，使生命被驅趕到欲望與意志的邊境之外。這首詩最深沉的感覺，便是允許孤獨的獸進入詩人正在飲酒的杯中，「我舉杯就唇，慈祥地把他送回心裡」。詩人與獸，至此合二為一。

面對著時間的空曠與荒蕪，不免湧起淒涼的情緒。詩人為了稀釋過於濃稠的情緒，遂借用一匹獸的形象來淡化積在內心的淒涼感。詩人的生命與孤獨，儼然混融在一起，何者是主體，何者是投影，難以分辨。這種既矛盾又統一的書寫策略，正好加深了詩人情緒的錯綜複雜。那種寫法猶似魯迅〈影的告別〉：「我不過一個影，要別你而沉沒在黑暗裡了。然而黑暗又會併吞我，然而光明又會使我消失。」楊牧的詩也出現一種弔詭，究竟是詩人懷抱孤獨，還是孤獨吞噬詩人。如此牽扯不清之際，孤獨的質感與重量變得鮮明。

同樣是屬於孤獨的獸，在洛夫詩裡則是一隻充滿頹廢與敗德的形象。那是被上帝遺棄的生命，卻又以上帝之名招搖撞騙的一匹獸。在靈魂深處，幾乎每個人都有一股被壓抑的欲望。洛夫以大膽的語言向上帝告解，如此展開〈我的獸〉：

常盤踞於我無遮攔的體內
我的獸
我美好的新郎
以褐色的舌頭塞住我驚恐欲呼的唇

對照於浪漫主義的楊牧，這首詩典型地張揚著洛夫的超現實主義性格。詩人刻意把自己陰性化，變成一個被動的、靜態的空白主體。比起楊牧詩中的人獸共存，洛夫反而使自己成為一個沒有自主意願的主體。他的身體遭到獸的占領、強暴、婚媾，每一寸肌膚都塞滿了欲望與邪念。這首向上帝告解的詩，坦白招供生命過程中歷經過多且過剩的墮落、沉淪、腐敗。所有遭遇到的試煉與考驗，正是被上帝遺棄的人子命運。人從伊甸園被放逐出來之後，便注定要在塵世裡受盡誘惑與驅使。整首詩的書寫以反面形式浮現時，恰恰可以反映地上流亡者遠離天堂的宿命。充滿反語、反諷、反向思考的這首詩，精確地描繪人在矛盾、尷尬的兩難處境。

矛盾語法原就是洛夫的專擅，用來彰顯人性在上升與下降兩股力量的拉扯，正是恰到好處。明明是人性的墮落，卻歸咎於獸性之冒犯神性：

他常緊握你的聲音，披你的衣裳
在灰塵中來去
他的蹄，神哦！響著你震怒的言語

罪孽深重的人子，一方面接受神性的召喚，一方面卻又難以抗拒獸性的唆使，人性就在其間浮沉顛顛。這首詩洞察了人的靈魂與生俱來的兩面性，脆弱而易碎，救贖且昇華。洛夫的反寫策略於此發揮得淋漓盡致，容許內心的牛鬼蛇神釋放出來，反而使神性受到壓抑。背德的人性縱情於享樂，卻又不忘藉由懺悔的告解來自我淨化，更加凸顯人的流亡命運不斷落入邪惡的深淵。

孤獨在詩中衍生了新的意義，那已不是時間、空間的放逐與回歸可以概括。自從被遺棄之後，必須以一生的折磨與勞苦來洗刷原罪，那是生命陷於無助之中的孤獨，是看不到希望的孤獨。詩中的獸以「我的新郎」現身，它以蠻橫、粗暴的姿態綁架了人子，使人的呼痛喊救看來如此衰微。〈我的獸〉可能是洛夫作品中對人性挖掘最為深刻的一首詩，他的思維方式也可能是最大膽、最坦白的裸裎。詩中的人、神、獸其實是三位一體，缺一不可。人被誕生在塵世間流浪，就已無可選擇地必須承受各種有形無形的試探；人被迫需要向神毫無止盡地告解時，流亡的命運顯然必須與靈魂的生死相始終。生命的荒蕪與寂寥，看來是一望無際。

沒有固定形象的獸，躍動在每位詩人的內心深處，彷佛是公平地分擔生命的蒼涼。孤獨誠然沒有性別，沒有階級，沒有國籍。在夏宇的詩集《備忘錄》，赫然也徘徊著一匹獸。詩題〈姜嫄〉，取自《詩經．生民》。女性詩人的思維，全然不同於男性傳統。楊牧與落夫詩中的獸，盤踞在體內；無論是馴服的或征服的，人獸之間畢竟存在著一種距離。夏宇的姜嫄，顯然是母系社會的創造者。擷取神話中的典故，她用來呈現自身的創造欲望；而創造，根源於她的孤獨：

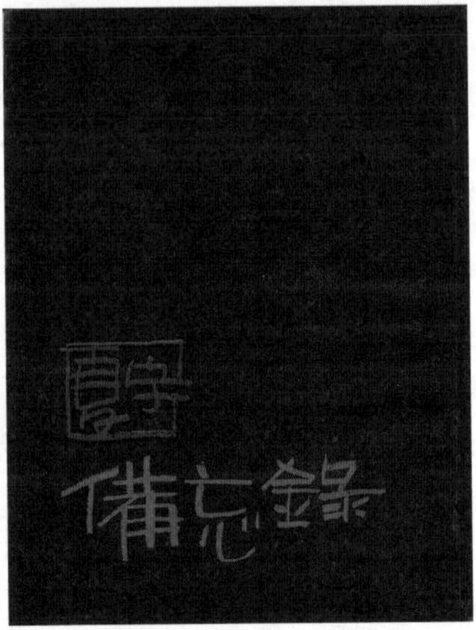

夏宇，《備忘錄》（台北：自印，1984）。

每逢下雨天
我就有一種感覺
想要交配　繁殖

女性是被創造出來的，至少是從男性的一根肋骨創造出來。夏宇翻轉了被創造的角色，變成了造物者。她要另立一個宇宙，讓她的子嗣遍布於世上，允許他們「各隨各的　方言宗族　立國」。如果說這首詩富饒強烈的女性意識，亦不為過。這位女性造物者，為什麼在下雨天會有交配繁殖的欲望？當孤獨襲來時，尤其在下雨天，女性被禁錮的感覺想必特別高漲。在這神祕的時刻，夏宇說：「像一頭獸／在一個隱密的洞穴／每逢下雨天」。這種強烈的性暗示似乎只能以邪惡的獸來形容，才恰如其分。對照於洛夫作品的告解與懺悔，夏宇的欲望詩表達得更為坦然。無論洞穴的隱喻為何，女性內心的孤獨與蕭索，絕對不會受到父權社會的關懷。男性主導的文化傳統裡，女性的身體與心靈總是處於放逐的狀態。如果要結束死亡，女性能夠找到的出路，也許必須另創一個符合女性思維邏輯的母系社會。夏宇以高度暗示的兩行詩，表達她衍傳子嗣的願望：

像一頭獸
用人的方式

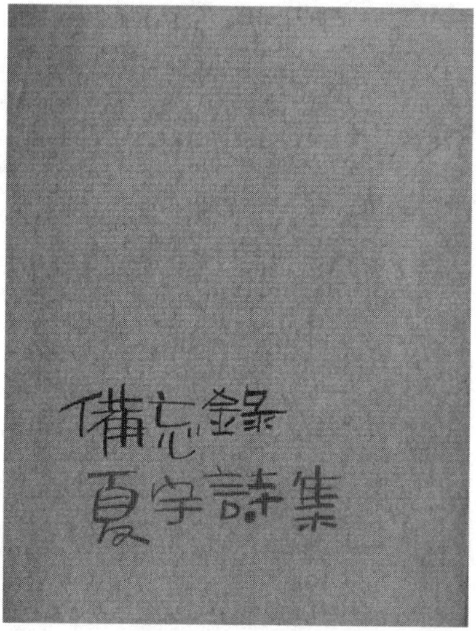

夏宇，《備忘錄》（台北：自印，1986）。

詩中的「人」（man），指的正是男人。對於被放逐的女性身體來說，男人傳播生命的方式，與野獸沒有兩樣。在窒悶的下雨天，她的內心激起旺盛的繁殖欲望；彷彿是承受了千年孤寂，女性身體被無形的力量綑綁已經到了忍無可忍的地步，終於有了強烈的幻想。

夏宇作品自來都被視為後現代，並且也被劃歸為知性詩人。如果細心尋繹她的思維，以及詩中潛藏的爆發力，夏宇事實上還是與浪漫主義維繫著千絲萬縷的關係。她的激情與瘋狂思維，應該是屬於古典的浪漫主義者。縱然她擅長使用符號與圖像來挑逗讀者的思考，卻無法掩飾她的狂想與理想主義。那種對烏托邦的追求，即使是透過情慾解放的途徑，仍然還是富有高度浪漫主義的特質。恰恰她就是浪漫主義者，才能夠體會孤獨的滋味；簡單的文字語言，卻呈現孤獨感的厚度與密度，開發了符號背後的無盡止聯想。

同樣以繁殖來隱喻女性的生之欲望，可以在零雨詩集《關於故鄉的一些計算》找到蛛絲馬跡。整冊詩集的主題是「故鄉」；但是，女性的故鄉在什麼地方？零雨為詩集寫了一篇內心獨白的序，題目為

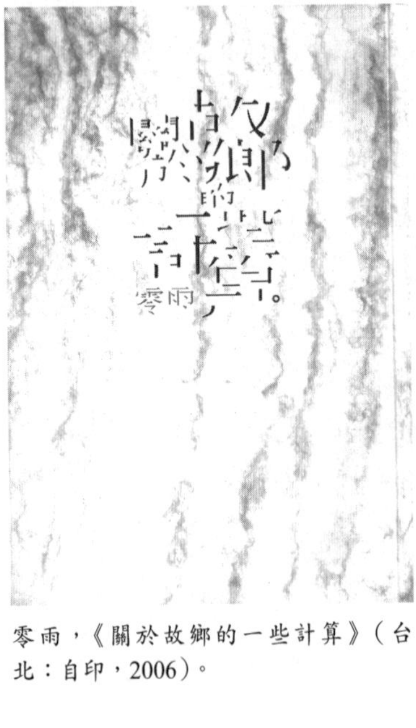

零雨，《關於故鄉的一些計算》（台北：自印，2006）。

〈亂世的你盛世的他〉。序中的「你」暗示著女性，「他」則是直指男性。女性恆在亂世，男性則穩居盛世。信息非常清楚，在男性文化的領域，女性終於又淪為流亡者。這冊詩集似乎是零雨重新出發的宣言，她在〈後記〉寫下如此的喟嘆：「有時你對敘述短暫背叛（——為了回到敘述？）／有時你對語詞市場強大的相似性不解，／有時你對詩的抒情知性感性理性懈怠，／而且疲憊……」說話的語氣極其委婉，卻帶著一種抗議與批判力道。她所說的「敘述」、「語詞」、「抒情」，無疑是指長期支配創作者的習慣技藝。那些文字技藝的傳統，都源自父權統治的主流文化。這世界的語言都是由男性創造，反反覆覆使用了幾千年，已經鍛造了「強大的相似性」。即使是介入創作的女性，也無法避免使用已經操作許久的男性語言。身體屬於女性，開口說出的語詞卻是屬於男性。

如果女性的故鄉是男性語言，則思考上必然受到限制。零雨對於語言開始有了警覺而亟思突破。她說：「因限制而不斷延伸的探索，因無奈而極力開展的震盪，因矛盾而必須證明的確定，在在使語詞的譜系愈加繁衍茁壯。」這是後結構女性主義的思考，只有從語言上進行變革，女性才能獲得契機以結束流亡。詩集中的「語詞系列」與「野地系列」可以視為她從事語言革命的開端。她以反敘述的方式背叛傳統（男性）的敘述策略，句式很簡短，語法很跳躍。而更重要的背叛，正是她的女性繁殖觀。以「野地系列」的〈祭典〉一詩來看，零雨暗喻女性情慾的「毛茸茸。蔓生。卷鬚」，從而帶出如此的詩句：

聲音有點豐富
眾多嬰兒誕生

此時
上帝恰好經過
也很羨慕

詩的節奏極其明快，彷彿女性的多慾與繁殖毫無負擔，甚至也引起上帝欣羨。女性的思維，至此已背叛上帝所創造的世界。在另一首〈靜下來〉的詩，也說得非常明白而露骨：

卸下所有指控
站在獸類這一邊

「指控」顯然是指庸俗的道德譴責，唯有背叛這樣指控，勇敢與獸類站在同一邊，女性才能「重新活過。更暴力的活著。」獸的意象在零雨詩中，尤為鮮明。邪惡、暴力、欲望，原是女性禁地，是女性污名的根源。但是，無須遵循男性訂定下來的語言規則，把污名化的名詞重新使用一次，等於是翻新了陳腐的意義，反而避開了男性文化的「強大相似性」。凋萎、腐敗的語言，囚禁了多少女性的心靈。零雨在語言的灰燼中撥弄星火，再度燒起了全新意義，則囚禁不再是囚禁，孤獨不再是孤獨。

孤獨是一種割捨，一種切斷，一種隔絕。在詩的靈魂底層，幾乎都存在著罕有的孤獨感。現代詩人的內心世界，懷有各種不同形象的獸，那是愛情的化身，欲望的假面，暴力的隱喻。無論形象如何千變萬化，全暴露每個靈魂的悲涼與荒蕪，只因都嘗到放逐的苦澀滋味。楊牧的鄉愁是青春，他的獸有著憂戚的面容。洛夫的獸，是處於天人交戰的情緒。他想要掙脫的，是加諸肉體上的枷鎖，來自上帝的無形枷鎖。夏宇的獸充滿繁殖的欲望，企圖在男性文化之外重新建立女性版圖。零雨也不遑多讓，她的獸活躍於文明之外的野地，一個生機勃勃的女性王國。

男性的孤獨，幾乎是被迫接受；女性的孤獨，則都是主動追求。詩人的想像無遠弗屆，透過文字的鍛造，竟然能夠使抽象的觀念都變成可以觸摸，既有重量，亦具厚度。傳統詩中的孤獨，充滿了悲愴意味。但是，到達現代詩人手上，魔法般化身為躍動的形象。獸的蹲踞、仰視、奔馳，使不可預測的孤獨，儼然以鮮明形象浮現。

有時孤獨不必然以獸的姿態出現，但是獸性終究還是潛伏在詩裡。楊澤的〈西門行〉便帶有嘲弄的意味：

請不要用你的問題追問我
我只是電動玩具店裏
一名孤獨的賽車手

都市裡的賽車手，無須以獸的形象作為替身，他本身又是一匹獸。現代都市文化的虛構、擬仿與質疑，都彙集在這位賽車手身上。對於社會周遭的事物，他從不過問。在電動玩具店裡，他戮力追求的是速度、冒險、揮汗，然而他的奔馳與目標，全部屬於虛假。都市青年的孤獨，恐怕是宇宙最大的孤獨。這匹獸，遠勝他的前世代與同世代。

本文原載《聯合文學》二七九期（二〇〇八年一月）

第二輯

殉美

因為透明，所以無限

在黑暗中，在透明裡，由於什麼都看不見，彷彿面對一個巨大的虛空，所以可以通過書寫填補更多的想像。魯迅文學中，不時出現黑暗的意象，如黑暗的中國、黑暗的傳統、黑暗的人心，都成為他批判的對象。面對黑暗，他的文字變得強悍有力。尤其他寫下「肩起黑暗的閘門」，使整個文學力量變成具體可見。相對的，透明體是一種無可辨識的形象，沒有線條，沒有界定，似乎在想像中可以產生任意的變形體。因為看不見，意義就化成無窮無盡。

羅智成的詩集《透明鳥》，是充滿詩意、幻想的長詩。相對於他早期的情詩，這本作品具有純真的童心。這部長詩是由組曲所構成，每一句詩行都帶著讀者走向遼遠的地方。透明鳥是什麼品種，是什麼顏色，是什麼體型，完全沒有確切定義。牠是籠子裡看不見的一隻飛禽，永遠保持高度沉默。牠馴服地站在那裡，靜靜看著外面世界的變化。不變的鳥籠，不變的透明鳥，卻延伸出變化無窮的想像與感情。詩人在虛無的形體上，建構具體的感覺，那幾乎是一種冒險的創作。羅智成以他獨特的眼光透視一隻看不見的鳥，也以他豐富的想像，為透明鳥寫出動人的詩篇。無中生有，虛實互見，正是這冊詩集最迷人之處。

《透明鳥》是一冊寫給成人看的童詩，其中穿梭著活潑的想像，迷人的節奏。如夢似幻，像是一個誘惑的無底洞，簡直要讓讀者縱身投入。整本詩集始於詩人最初的念頭，他說：「我們第一個孩童出生。緊張歡欣之餘，也產生了想要為他寫一首童詩的衝動。那將是一首深情、美滿的詩，充滿甜美華麗、恣意奔放的想像，飽含叨絮訴說、堆砌鋪陳的熱情，……」童話往往使所有的不可能變成可能，也使所有的夢幻變成真實。隨著整首詩的展開，詩人帶著我們走進一個彷彿是異國情調的世界，卻又是那樣貼近我們的現實生活。

詩人到達突尼西亞的濱海小城西迪布薩，那小城裡的特產是各式各樣的鳥籠，它並不飼養禽鳥，而是作為裝飾品懸掛在家裡。尤其是宮殿造型的鳥籠，更是引人產生豐富的想像。詩人純真的心靈，不時在詩行進行時若隱若現，逗引著讀者的眼睛，跟隨他持續走下去。在詩的叢林裡，這冊詩集的出現，似乎又重新把現代主義時期所有噩夢、絕望、沉淪、墜落的心靈打撈起來。第一首詩開啟整個童話世界時，許多無可名狀的喜悅也跟著到來。當詩人購買鳥籠時，那位販賣者是一位獨眼老人：

「那不過是個簡陋的儀式
你們即將經歷的　卻是
已修煉成真的夢境　一個
半肉體、半靈體的傳奇」
他再一次舉著鳥籠靠向我們
「再聽聽看
它的歌聲多麼美妙迷離」

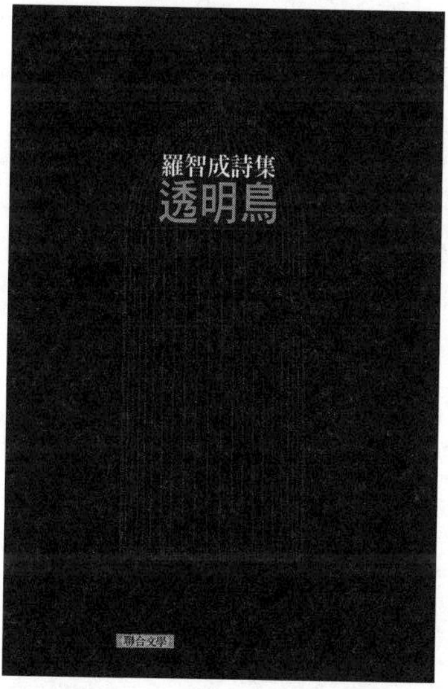

羅智成，《透明鳥》（台北：聯合文學，2012）。

半盲老人的一隻眼睛裡
閃著兩隻眼睛的光芒

整首詩的傳奇，於焉展開。在一無所有的鳥籠裡，什麼都看不見。但是那神話似的老人，卻具有某種魅力，引導著詩人去傾聽，去注視，去想像。真實世界的物象，並非由客體所決定，而是由主體的觀念、知識、夢想而決定它的意義。缺乏想像力的人，即使有最動人的事物出現在眼前，也很有可能視而不見。詩人點出一個藝術的訣竅，美的深淺，美的高低，完全是由觀看者來決定。在肉眼之外，其實每個人都擁有靈視之眼，憑藉這種高超的能力，往往可以透視客觀物象的真實。在這冊詩集裡，鳥籠裡的飛禽，其實是以透明的形象存在。或許你不能辨識它的顏色，也不能看見它的羽毛，甚至在籠子內的世界是一片寂靜，老人要求他們再仔細聽聽看，就可聞見鳥的歌聲多麼美妙迷離。

無邊的想像是那樣華麗，又是那樣神祕，詩人不禁提問：

那是一座美輪美奐的鳥籠
金絲與銀線編織的袖珍宮殿
還是七彩陽光替換了玻璃窗

奇幻的暖房？
或更像催眠者巨大、炫麗的鐘擺
搖晃著外在世界
禁錮著我們的目光？

奇異的想像敞開時，絕對是大於外面的現實世界，也一定是高於所有的藝術存在。一首詩要引導孩子去看真實的世界，並不需要借助昂貴的玩具，或巧飾的故事，只要給他們一個小小的啟發，他們就可創造龐大的內心世界。這首詩點出鳥籠真正迷人的地方，並不在於巧奪天工的裝飾，而是想像力爆發時，孩童所看的世界就完全不一樣了。所以這首詩又繼續這樣發展：

光與影的空中花園
沙漏般流洩著視覺的輝煌
延展性良好的貴重金屬
順著熟練的手勁延伸
繁殖出繁縟多變的花紋

螺旋形波浪形的蔓藤
攀緣纏繞　鑲嵌交疊成
讓所有飛禽忘了天空的
華麗牢籠

鳥籠裡的生命，是不是因為華麗的貴重金屬構成暖房，而選擇遺忘廣闊的天空？詩人強烈暗示這具鳥籠不僅有繁縟多變的花紋，也有螺旋形波浪形的蔓藤，是這樣巍然的存在，變化多端的圖案似乎帶著催眠作用，攜著孩童的小手走向一個迷離誘人的世界。什麼是虛幻，什麼是真實，不是由客觀的事物來決定。什麼是謊言，什麼是真理，也不是用理性判斷就可分明。其中最重要的關鍵，恐怕就是相信與不信。如果相信，謊言就是真理；如果不信，即使是上帝也不存在。相信，意味著信任與信念，或確切而言精誠所至，金石為開。在看不見任何禽鳥的籠子裡，果真是空無一物？第三首詩說：

籠中空無一物
只有鞦韆兀自擺盪
「你聽　你聽」

半盲老人的耳朵像
甦醒的雙翼　被
負載著神祕頻率與
優美旋律的氣流所鼓動

這位販售鳥籠的老人，並不蠱惑買者的心，他的提示其實具有某種程度的禪理。在悟與不悟之間，完全存乎一心。如果真正察覺時，無須使用任何語言，就可證明它的存在。一旦說出或說破，真實與真理就立即滑走。所以集中心神去聆聽，把全部心思灌注在觀察的對象，讓所有的噪音退潮，讓所有的幻象隱去，一個真實的感覺便隱然浮現。無論是視覺或聽覺，可以超越所有的蔽障，直接呼喚出來。鳥籠只是一個具體的外殼，是一個想像媒介的容器，它本身沒有生命，卻可以藉由它而通往一個神祕的心靈。孩童的初心，不受污染，也不受影響，它的內心世界一片純白、潔淨、透明。以透明的視覺，觀看鳥籠裡的透明鳥，是一種將心比心的對應。對任何成人而言，這是非常荒謬的誤導，但是如果降低自我的年齡層，回到乾淨無瑕的心靈，自然就可體會籠子裡躍動的生命。所以第四首說：

「你必須在聽不見這些聲音之後

才聽得見透明鳥的歌聲」
老人耐心的講解：
就像在海水中尋找淡水
森林中尋找松露
你必須拋棄掉
幾乎等於全部的大部分

整首童詩最核心的哲理，就在詩行裡可以發現。在庸俗的生活世界，每個人都處在各種顏色、噪音、味道裡，所謂「五色令人目盲，五音令人耳聾，五味令人口爽」，正好遮蔽我們與生俱來的靈視，也掩蓋我們敏銳的判準。在滾滾紅塵裡，為了追求口腹之欲，反而主動放棄直覺與頓悟的能力。如果有能力讓所有的噪音、顏色、氣味退潮，童真之心自然可以恢復。所以老人說：「你必須在聽不見這些聲音之後／才聽得見透明鳥的歌聲」。欲望、貪婪、自私、邪惡，很早就已經占領我們心靈的全部，或者說，所有的成人很早就向物欲全面繳械。在海水裡找不到淡水，在森林裡找不到松露。詩人說得非常精確，我們必須拋棄等於全部的大部分，才有可能回歸到純潔的孩童之心。

所謂童詩，其實就是禪詩。在生命路途上，四處布滿了障礙與頑石，讓我們顛躓著前進。

如果跨過它，或越過它，腳步的速度應該可以加快一些。在我們思考的途徑裡，有多少雜念、固執、偏見，阻擋著對世界的觀察。容許所有飄浮不定的假象沉澱下來，容許我們的心神集中於特定的想像，或許可以超越一切無謂的障礙，看見真實與真理。詩人在第五首詩說：

忽然世界一閃神
好像絆到什麼東西
時間也停下了腳步

這時　籠中鞦韆似乎顫動了一下
我們一起聽到了透明鳥的聲音

動人的時刻就在這裡出現。什麼都不存在的鳥籠，在雜念沉靜之際，驟然傳出透明鳥的聲音。這是一種無法解釋的頓悟（sudden enlightenment），身體所有緊關的窗口與出口，剎那間敞開了。詩人循循善誘那般帶著孩童走到世界最邊緣的地方，最後又帶著他們回到自己的家裡。沿途一定看盡所有最美的風景，也一定傾聽過最迷人的風聲，整個世界的誘惑是那樣龐大，又是那樣無可抗拒。隨著他們一起旅行的鳥籠，只不過是一只空洞的容器，他們只是期待這宮殿式的籠子將懸掛在家裡的客廳，作為曾經旅行的印記，也作為日常生活的裝飾。那樣毫不起眼的飾品，絕對不可能帶來意外的喜悅，但是，神祕的事件竟然發生了，整個井然有序的世界突然一個閃神，奇妙的經驗也接踵而來。所以詩人說：

那是多麼優美的歌聲啊
隱約浮現在緊繃的聽覺
期待被音波輕拂的片刻鬆懈裡
清新　純粹
但暗含複雜的啟示
細膩　婉轉
卻傾注堅實的安慰

靈視之心，忽然可以聽見從未聽見的美妙聲音。即使詩人以各種語言來描述，如清新、純粹、細膩、婉轉，似乎都不能到達他耳膜所接收到的鳥聲。每個人都需要在庸庸碌碌的生活裡，追求生活之所需，距離孩童心裡所嚮往的無垢靈魂，只有愈來愈遙遠，以致遙不可及。很少有詩人願意探索人的內在世界，在那神祕的空間裡，很早就已經被物化。透明而無私的天分，其實是與生俱來，卻在成長過程中，經過知識啟蒙、政治啟蒙、性啟蒙，被引導去相信有一個人造的道德世界。而這樣的道德，完全是人工製造，往往是受到權力支配，在建立一套審判的標準。人與人，再也不是平等相處，反而變成一個意識審判另一個意識的鬥爭場域。所有的追逐與奪取，最後都是為了滿足一己的私欲。人間所有的啟蒙，在一定程度上，正好在蒙蔽自我。

《透明鳥》這本詩集，使用的語言極其純樸，有時還帶著幾分天真。天真，正是撐起詩集的完整結構。天真不等於無知，甚至可以說，站在透明鳥前面，無知竟然是一種高尚的美德。只有在無邪、無欲的狀態，才有可能看到真實的自我。詩人真的聽到透明鳥的歌聲嗎，真的聽得如醉如痴嗎？或竟是他自己所說的：

或者不是
那歌聲好像不是聽見的
是我們自身願望與想像
行經耳殼內的神經時
被塑造　定型的迴響
還不曾透過空氣

不曾透過媒介的
心的盪漾

他非常誠實地告訴自己，相由心生，是可能的。只有摒除了所有已經定型的、僵化的價值觀念，每顆純真的心都可聽見，也可看到羽翅正鼓翼拍打。詩人在第二十一首揭開謎底：

「這只是一個隱喻……」
當然也有許多不一樣的心得
來自其他聆聽者
「透明鳥其實只是
只是詩的隱喻……」

「而詩，只是
人類殘存的
易感、脆弱心靈的
隱喻……」

所謂隱喻，是一種事物來取代另一事物。這種語言張力勝過譬喻或借喻，使語言所受到的限制驟然開放了。在靈魂底層，還未受到知識污染的初心，究竟以怎樣的形象來形容，那是詩人的最大考驗。透明鳥，必須是透明鳥，才有可能直指人的本心。如果以「真理」來取代，或是以「禪」來形容，反而偏離初心更遙遠。孩童的內心，絕對不知道什麼叫做真理，更不可能知道什麼是禪。詩人相當機智地以透明鳥來命名，正好可以接近童心，也可以接近成人的心。透明鳥若只是詩的隱喻，那麼詩的隱喻，可能就是指向人類殘存的易感、脆弱的心靈。這個隱喻出現後，身為讀者，似乎也隱隱看見那宮殿式的鳥籠，以及那歌聲清脆的透明鳥。面對著看不見的世界，意味著一種信任，或甚至是一種信仰。所以詩人說：

一個輕如鴻毛的宗教
在匆促　徬徨的街頭漂浮
在捷運站　在鋁帷幕窗外
在早餐店　枯澀的閱讀外

這四行詩，最關鍵之處，牽涉到相信與不信。能夠聽見透明鳥的歌聲，看見透明鳥的舞動，全然存乎一心。正如劉禹錫所說，「山不在高，有仙則名；水不在深，有龍則靈。」在名與靈之間，完全與仙或龍毫不相干。最重要的是，人的內心是否澄明。當透明鳥升格成為「一個輕如鴻毛的宗教」，牠就是無所不在。匆忙如捷運站，吵雜如早餐店，那隻看不見的鳥，隨時隨地都在身邊飛翔。人類穿越漫長的歷史，已經喪失太多生命的訣竅。尤其以自己創造的文明為傲時，人類已經失去太多太多了。詩人在第二十八首說：

麒麟的善良
鳳凰的高貴
鯨魚的溫柔
不曾挽救過自己

詩人的惋惜與憂傷
也從不曾挽回
任一個美好的文明

麒麟與鳳凰，屬於上古時期的神話，那是東方文明最遠最高的嚮往。這些神聖的禽與獸，屬於無上美的象徵。詩如果是最敏感的隱喻，則麒麟與鳳凰的消逝，也意味著純真之詩的喪失。最高象徵的美，如果不能挽回，則脆弱如詩，也不可能挽回人類的文明。這幾行詩，是隱喻與轉喻的絲絲相扣。當夙昔的典範，終於無法救回時，煩憂與悲傷，便統治了整個世界。在第三十二與三十三首，詩人已經承認，我們對貪婪、愚昧、惡俗、仇恨，早已失去免疫力。文明所到之處，都在激怒人類的生命。人類自己犯錯，卻無法容忍別人的犯錯，只有在心靈祛除恐懼與憤怒之後，透明鳥才有可能現形。正如第三十八首，詩人帶來一絲慰藉：

透明鳥繼續婉轉歌唱
像穿透葉縫的陽光
彈奏著濃鬱的樹蔭
鏗鏘中有午夢的慵懶
和薄荷的清涼

詩人開始展開他鋪張的想像，動用神祕的力量來形容透明鳥的歌聲有多美妙。他把午夢的慵懶與薄荷的清涼，都歸功於遙遠的恆星。這不能不令人突發奇想，人類真正的樂園，恐怕是在光年以外的星球。自以為聰明的人類，其實是遭到天譴，終於被驅離那遙遠的恆星，而貶謫到這個醜陋的地球。我們在夜裡，遙望著黑暗天空明滅的星辰，恐怕是人類共同的鄉愁。當我們遙指一顆微亮的二等星，那可能就是透明鳥的原鄉，也是人類失去的樂園。詩集走到第四十四首時，一股悲傷頓時襲來：

我們不再聽見透明鳥的歌聲
那是牠存在唯一的依據
如今籠中空無一物
只有鞦韆兀自擺盪

被放逐到地球的人類，仍然不改其自以為聰明的惡習，相信智慧高於天籟，技藝高於透明鳥。人工的、速成的、消費的文化，鋪天蓋地而來。以後現代之名，來合理化我們擅於消費的庸俗。人類寧可拜物，寧可相信品牌，寧可崇拜昂貴的價格，潔淨無瑕的初心，最後都受到蒙蔽。那宮殿式的鳥籠，終於回歸到裝飾用的物品。籠中的鞦韆，在風中無端擺盪。「菩提本無樹，明鏡亦非台，本來無一物，何處惹塵埃」，當塵埃遮蔽了明鏡之心，人類再也無法聽見、看見透明鳥：

最全能的手機被供奉於寵物的飾袋
最周延的網路直接接上我們的神經
最完美的溝通工具鋪天蓋地而來
隔閡更深卻如心之密碼石沉大海」

詩人的批判精神，終於在詩集的最後顯露出來。心靈的信仰，已經墮落成為物質的信仰。人類宣稱，只要手機在握，就可與全世界對話溝通。掌握了手機，幾乎升格成為全能全知之神，足以掌控全球。權力取代了謙卑，物欲取代了純真。時間的速度變得愈來愈快，人類已經忘記如何思考，更不可能回歸到孩童的初心。整本詩集，無疑是在描述詩人的最高嚮往。他知道人類的文明，已經無法挽回最乾淨的心靈。自以為創造最精密科技的人類，或許有一天，又要遭到貶謫，最後必須遷徙到月球，或是水星。然後站在另一個星球，回望地球，再一次咀嚼充滿哀傷的鄉愁。

《透明鳥》刷新詩人前所未有的想像，他好像是吹笛人，率領我們進入另一個童話世界。但是，他並不許諾給我們一個樂園，也不應允詩中隱隱浮現的透明鳥。在詩行之間穿梭時，卻是嘗到快樂的滋味，讓我們暫時遺忘人類的傲慢與偏見。詩，從來就是高度的隱喻，只能許諾一個遙不可及的透明鳥。但是詩人，終究無法擺脫悲傷，見證著轟然而來的科技文明，席地而來的拜物文化。他不能不痛苦地向我們宣稱，透明鳥從來不曾來到人間。牠已經羽化了，終於隨風而去。有一天，我們若是偶然路過一個鳥籠，可以看見風中擺盪的鞦韆。也許可以嘗試聆聽一下，是否有歌聲隱隱傳來。或許什麼也看不見，什麼也聽不見，我們只能馴服地捧讀手中的詩集《透明鳥》。

本文原載《聯合文學》三六二期（二〇一四年十二月）

禁錮年代的薔薇

在禁錮的年代，有一個早熟、易傷的年輕心靈，他自稱是薔薇學派的教主。他的詩誕生於到處是鐵絲網的土地，黑暗裡往往有狐疑的眼睛在窺伺。當所有的心靈都被綁架，而毫不設防的身體又受到無情的凌遲，能夠拯救他的恐怕就是古典與愛。他朝向遙遠的歷史，放出求救的訊號。在那已經消失卻又具體存在的古典世界，仍然還躍動著活潑的靈魂，或許那就是薔薇學派所供奉的詩神。只有那些古代魂魄歷經各種精神的鞭笞，才有可能在痛楚中提煉詩句，而且可以穿越時空，到達現代，撫慰小小海島上的一顆脆弱心靈。

從一九七〇年代拈著一朵薔薇走來的楊澤，並未帶著微笑，而是泣不成聲。他在二十三歲結集《薔薇學派的誕生》，二十五歲又出版《彷彿在君父的城邦》，如今都已經成為詩壇傳說。只是，在找不到出口的時代，楊澤所寫苦澀而甜美的詩行，不僅延續了戰後台灣的抒情傳統，也為他的世代插上鮮明的旗幟。那面飛幡，到今天還是迎風招展。就像所有的前輩抒情詩人那樣，在格局有限的時代框架裡，滿懷的抑鬱情緒，需要尋找逃逸的途徑。在上下求

楊澤，《薔薇學派的誕生》（台北：洪範，1977）。

索之際，詩恰好是最佳的傾瀉形式。在那蜿蜒傳統的末端，楊澤適時填補了缺席的空間。〈薔薇學派的誕生〉一詩，為整本詩集或為他的年輕生命，做了恰如其分的定義：

「為了向人們肯定一朵薔薇幻影的存在，
我們必要援引古代、援引象徵
甚至辯論一朵薔薇的存在？」

他用幻影來證明薔薇的存在，似乎有些縹緲不實，甚至是鏡花水月。但是詩人非常雄辯，證明薔薇是真實無比。想像，夢境，意象，信念，都是看不見的，詩人卻能真正感受。詩人使用疑問句，為的是反過來提出他的證據。在他的魂魄深處，可能像天空那樣高，像海洋那樣深，詩人曾經到達那最遠的邊境，他到達了，所以能夠以詩行具體證明。他援引古代，援引

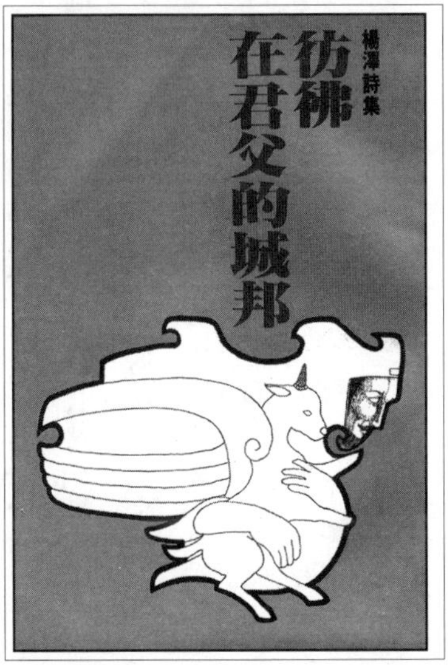

楊澤，《彷彿在君父的城邦》（台北：時報，1980）。

象徵，都不曾存在於現實社會。古代與象徵，是那樣不可靠，對詩人而言，則真實發生過。

這似乎是台灣戰後第二世代的現代主義宣言，他們受到前行者的啟發，繼承前輩詩人的藝術精神，而開展了屬於新世代的薔薇學派。援引古代，其實是與傳統接軌；援引象徵，則是向西方接來火種。或者，更精確而言，這個宣言頗為接近艾略特的經典文字，亦即〈傳統與個人才具〉那篇文章的核心價值。在延續抒情傳統之際，楊澤並未偏離現代主義的象徵技巧，而是進一步發揚光大：

> 黃昏無限延長。
> 一朵朵薔薇的幻影在空氣中亮著
> 「昨日以及今日
> 以及今日的幻影，以及
> 明日的幻影必然是
> 屬於薔薇學派的。」

就像艾略特的詩作《四首四重奏》（*Four Quartets*）所表現的時間觀念：「所有可能發生或已經發生／指向一個終點，那永遠是現在」，正好可以印證，楊澤所要掌握的是永遠的現在。這是現代主義者的精神核心，所有傳統的最佳心靈，都要在現在這個時刻獲得總結。未來的最佳美學，也都是要以現在為重要的出發點。無論所處的時代有多麼美好，或有多麼惡劣，也都要在現代得到合理的解決。

薔薇的暗示是什麼？就像他在〈一九七六斷想〉的詩行裡綻放著一朵薔薇：

太太複雜的一種動機埋伏在心的暗處
可能就引發了春天，第一株
薔薇開放，泉水競奔
可能就導致了我們的
第一首詩。
　　　　可能
啊可能就導致了花瓶濺裂，書畫毀焚
浪子散髮焚琴，無意義的
戰死異鄉

這是非常現代式的浪漫主義，為美而生，為美而死，幾乎可以直追濟慈的詩情。在古典時期，死是一種殉美。在現代時期，死則是一種幻滅。詩人對美的嚮往，是用一株薔薇作為隱喻。它的開落，強烈暗示春天的到來與結束。在生死之間，孕育了一株叫做薔薇的詩。而詩，對詩人而言，是一種天機。第一首詩誕生，無疑是宣告洩漏了天機。果然就導致花瓶濺裂，書畫毀焚，散髮焚琴，戰死異鄉。一朵薔薇的力量有多大？當它轉化成為巨大的象徵時，驚天動地竟有如此。所以這首詩說：

幻滅——幻滅是跟死亡跟春天同樣流行的
一種頹廢（我們陷落在一椿美麗的陰謀裏）
殉美，殉美則是
幻滅的孿生兄弟
來自同一個美麗的母親

現代人的頹廢，大約就等同於古典時期的幻滅。必須借助一朵薔薇的盛放，所有的頹廢與幻滅才有可能化為真實。薔薇是永恆之美，無上之美，超越世俗所有的價值，也凌駕在所有喜怒哀樂的情緒之上。在詩人的心靈裡，薔薇是詩，薔薇是愛。對於一位還是二十餘歲的青年詩人，那就是他生命的全部。離開詩與愛，人生就什麼都不是。〈今天早晨在花間〉所描摹的也是一朵薔薇：

她緊緊的握住自己，抗拒著我
懼怕傷害的眼神像一名懼怕愛
懼怕春天的女子，楚楚可憐。
似乎在說（低低的哀憐的懇求）
請愛我保護我
否則離開我……

遲疑了幾秒，我摘下今天早晨
最鮮艷的一朵薔薇
她在我的手上，凋落，死去
一如一個愛，
一個脆弱的春天……

詩中的她，無疑是一朵薔薇，從枝頭摘下花朵，等於是奪取花瓣的生命。真正的愛情，不是占有，不是壟斷，而是容許她持續在枝幹上迎接晨間的露水與陽光。一切的占有都不可能擁有，離枝的花瓣，終究宣告凋萎並枯死。藉由一株薔薇的意象，詩人傳達了非常清晰的信息。愛是互相榮養彼此的生命，全然不是相互切割。當自私的念頭萌發時，傷害便立即鑄成。薔薇學派所追求的美，就像愛情那樣，是永恆，是持續不斷，是生生不息。詩人企圖定義的，恐怕不只是指愛情，也是在暗示一個時代的詩學是如何營造。從浪漫主義到現代主義，從西方傳統到東方詩學，都在榮養一個年輕詩人的靈魂與想像。這樣的詩學，有它原有的枝幹。必須尊重那樣的源頭，才有可能擁有博大無私的象徵。如果這就是台灣第二世代的現代主義者精神，薔薇便是不滅的象徵。

年輕詩人所處的歷史情境，是屬於可疑的一九七〇年代。在那貌似封閉卻又充滿騷動的社會裡，詩，似乎是毫無救贖的可能。相對於那個毫無精神出口的國土上，能夠活下去的動力，恐怕是藉由詩的燃燒而產生的能量。那種生命的魄力，大約都濃縮在〈煙〉：

請讀我——請努力讀我
我是沒有手紋的一隻掌
我是沒有五官的一張臉
我是沒有刻度沒有針臂的一座鐘

請讀我——請努力努力讀我
我是沒有銘辭沒有年月的一方
一方倒下的碑

面對一個正在翻轉的時代，當社會力量正在鼓動之際，寫詩似乎是非常無助。論時間，詩是沒有刻度沒有針臂的一座鐘；論空間，詩是沒有銘辭沒有年月的一方碑。那是多麼徬徨的心靈，失去了所有的依靠，但是對詩的信仰，年輕詩人還是相當堅定。他說得極其謙卑，卻對自己的信仰抱持不移的信念：

請讀我——請努力讀我
非掌非臉非鐘非碑的
我是縮影八〇〇億倍的一個
小寫的瘦瘦的i
我是生命，我是愛，我是不滅的
靈魂，焚屍爐中熊熊升起的一片
一片獨語的煙

以小小的「i」自況時，看來是那樣渺小，似乎毫無作為。然而，沒有面目，沒有姓氏的卑微生命，竟是湧動著排山倒海的力量。當詩人說「我是生命，我是愛，我是不滅的」，即使被送入了焚屍爐，他的存在便完全無法否定。只要他能寫出受到不斷傳誦的詩，就不可能命定成煙。顯然，這又是薔薇詩派的信條。詩是生命，詩是愛，詩就是永恆不滅。薔薇的證詞是，往事並不如煙，這首詩的微言大義，就在其中。

處在精神的井口，欲開未開，或許充滿了困惑。在那段時期，到處布滿了鐵蒺藜。性別的、族群的、階級的種種文化議題，似乎還停留在初階的思維。薔薇若要盛放，所有時間與空間的窗口都必須開放。然而不然，那還是一個充滿狐疑眼神的社會。縱然族群與族群之間已經展開對話，政治的力量仍然凌駕其上。〈眷村〉一詩，在詩行之間流竄著嘲弄意味：

中華民國六十五年七月十二日，天氣晴。
今天早上巷口的李臺生特別地跑過來告訴我
剛搬來的王媽媽、王伯伯他們家是四川人
有飛機模形的周大哥我知道他們家也是
隔壁的高伯伯常拿江西話罵人
（老師說大家都應當說國語）

常來家玩的朱阿姨，朱叔叔會不會用山東話吵架？
媽媽是湖南人，奶奶是上海人
我和弟弟、爸爸都是河北人
老師說有一天大家都要反攻大陸去……

在整本詩集裡，這首詩完全溢出抒情的格調，近乎嘲弄批判的社會寫實。在同一時期，遠在花蓮的詩人陳黎，也同樣為族群議題寫下一系列的作品。一九七〇年代，是黨外運動蓬勃發展的時期，也是鄉土文學不斷升起的階段。在政治與文學之間，所有的思考都指向文化的和解。這首詩，沒有提出任何方向，當然也沒有具體的答案，卻活生生把一個時代的荒謬現象，生動地表現出來。每個人的身分證，都記載著各自的籍貫，並且操著不同的母語口音。他們的生活空間是在眷村，而眷村是台灣土地不可分割的一環。政治力量，使他們的身分釘在歷史想像裡，也使各種母語流竄在國語政策之下。整首詩容許不同族群出現在眷村舞台上，非常自然主義，也非常寫實主義，卻有一種現代主義的荒謬，尤其是最後一行詩，極盡調侃之能事。「反攻大陸」一詞的出現，在各省口音的交錯之間，變得非常無能，無力，無感。詩人什麼話都沒有說，卻好像說了超過詩行以外的浩瀚語言，聽來是如此震耳欲聾。

《薔薇學派的誕生》的第四輯「瑪麗安．瑪麗安」，集合了詩風最為成熟的作品。反覆求索的是，家族之愛與男女之愛。大學畢業的年齡，是青春年華的最佳階段，開始要承擔家族的責任，也是可以對愛情做出承諾的時候。這樣的心靈，是在時代與社會的衝擊之下，逐漸播造而成。他對詩學之美，也蓄積足夠能力來自我詮釋。薔薇學派絕對不是一天造成的，經過多少創傷，多少挫折，多少幻滅，詩人才找到一個恰當的位置，規畫一個學派的版圖。〈家族篇第三〉是一首散文詩，也是對生命的一種自我定位：

夢見父親，母親和我是鐘錶店裏三座懸在一起指著不同時辰的鐘。父親已確然走到下午六時的位置，母親則過了四時三刻，而我剛越過正午，在後面急急苦苦的追趕着。

以中午、黃昏、入夜的景象，分別形容父親、母親、我的時間位置。開始有了強烈的時間感，也正是對生命進行嚴肅的回顧。這是一種宿命的焦慮，也是一種世代的交替。縱然人生如夢，在現實中都可以一一找到對應。兒子終究有一天會到達父親的位置，當可比出各自的成就高低。然而，詩人感嘆的則是時間的消逝，年華的早衰。在詩裡注入時間的質感，毋寧是心靈成熟的一個象徵。詩中所暗示的，恐怕是責任的承擔。楊澤的詩，耐人尋味，必須體會他的言外之意，才能找到詩魂之所在。

他擅長以最短的句子作為寄託，在濃縮的意象裡包藏著千言萬語。這樣那樣的暗示，無非都指向愛：

夜裏的每顆星子都是一面窗
我憑著敞開的窗子遙指過去
「而那裏，吾愛
那裏便是沒有愛的死去已久的地球。」

這是〈光年之外〉的四行詩，描摹著一個已經是死去的冰涼地球。這樣的星球，已被拋擲在光年以外。或許只有光仍在閃爍，卻沒有溫暖的愛。或許詩人是站在高樓，望向滿天星斗。詩中所說的「那裏」，無疑就是他所站立的台灣，或是屬於地球的台灣。詩中反覆求索的是，愛是什麼，美是什麼，真理是什麼。這種浪漫主義式的提問，是詩人對他的時代感到惶惑，對他的社會質疑，對他的家國找不到確切答案。

詩人也善於利用鏡像來詮釋自己，刻意分裂自我，產生一定的疏離感，反而可以給予自己一個明確的定義。〈給 H. T.〉應該就是一幅自畫像：

和我同樣有著——

有著顫慄的瘦白的裸體幽暗的燃著
一叢小盞雛菊的金黃火焰
我憂鬱的兄弟孿生的兄弟，被一千個暗室的夢養大
他的眼，他的眼醒著一種安祥而哀傷的光

容許自我進入分裂狀態，正好可以客觀地描摹真實的心情。當瘦白的裸體燃燒起雛菊的金黃火焰，正好暗示生命的能量正要敞開。暗室裡的夢想，無論有多豐富，卻無法遮掩自己的眼光藏著哀傷。這種憂鬱的自畫像，正是薔薇詩派的色調。夢是那樣巨大，卻無能容其實現。

和我同樣有著——
有著一個不快樂的童年且自稱是
詩的兒子大地的兒子
我孿生的兄弟失散多年的兄弟，在鏡子的那邊流浪
他的眼，他的眼醒著一種安祥而哀傷的光

這是非常拉岡式的心理想像，因為有不快樂的童年，彷彿是永恆的創傷。身為詩的兒子，在成年之後，也無法擺脫那一千個暗室的記憶。這種心路歷程，其實就是台灣戰後世代的共同記憶。在成為詩人之前，憂鬱已經構成詩學的底層顏色。對於愛，就像對於世界，那是他僅有的信仰。詩中的瑪麗安，似乎是一個救贖的象徵，在他〈一九七六記事〉的四首連作，正好點出愛的主題，其中第一首的最後三節如下：

時日倦怠，瑪麗安
我們被醞釀著，在沒有標題的一頁。
我黯然離開，到達K城
在陌生的眾人中意外地聽見你的名字——
倏然心驚，我急急的趕回原地找你

瑪麗安，你能否了解回途上我的恐懼——
我的恐懼時光不再，你或已垂垂老去

瑪麗安，你偏頭靠睡房間的暗角，長髮垂落

這一切只是我幾分前的臆想。
瑪麗安，我忽然心痛願意
自己是把最親愛你的梳子……

在失望甚至是絕望的年代，薔薇詩派訴諸愛情來拯救這個世界。瑪麗安或許是虛構的情人，或許是實有其人，卻是整本詩集的靈魂人物。她活在夢裡，活在臆想中，活在虛無縹緲的虛構裡。但是，精誠所至，金石為開，凡是詩能夠到達的地方，愛就能具體實現。詩的力量極為龐大，也極為渺小，足以抵禦最憂鬱的這個世界。詩人的願望是那樣卑微，為了讓愛實現，他謙卑得寧願成為一把「親愛你的梳子」。這種非常浪漫的想法，上接古典的浪漫主義，下開現代主義的無意識世界裡。當他寫到瑪麗安時，所有遙遠的真與美，都成為可以觸摸的現實。無論這現實，有多挫敗，有多虛幻。

本文原載《聯合文學》三六一期（二〇一四年十一月）

後現代與後殖民的詩藝

後現代的思維方式，一般公認一九八〇年代是重要的轉折點。但是什麼是後現代，在西方學界仍然眾說紛紜。對於台灣社會而言，即使到今天，後現代仍然還是一個奢侈的概念。如果沒有高度的資本主義發展，沒有全球化浪潮的衝擊，台灣文學作品似乎無法承擔後現代的稱呼。從文學史來看，台灣現代主義運動，是非常完整而充分的美學革命。就現代詩的成就而言，台灣詩人所打造出來的藝術高度，在華文世界裡可以說已經臻於峰頂。置放在整個東亞版圖來看，台灣詩的現代精神，毫不遜於日本與韓國，遑論改革開放以後的中國文壇。我們可以雄辯地說，台灣有相當成熟的現代主義藝術。

那麼，我們有沒有後現代主義？這是一個猶在爭論的問題。從文學作品來看，後現代小說在一九八〇年代初期便已蔚為風氣。從黃凡、張大春、楊照、林燿德的小說，就足以宣告後現代技巧已經在島上浮現。至於後現代詩，試探水溫者，可謂不乏其人。在後現代詩人行列裡，陳黎的作品最值得注意。從文字技巧來看，詩人可以通過拆解、諧擬、仿造、戲耍的手法，來完成現代主義時期所未能到達的藝術效果。在此之前，我們還沒有看見如此放膽、機智、遊戲的手法。出生於一九五〇年代的陳黎，當他能夠成熟運用現代詩技巧時，台灣社會已經進入高度資本主義化的時期。他所迎接的歷史條件，正是今天我們所豔稱的全球化浪潮。當資訊與知識面臨爆發的階段，文學形式與技巧也相應地進入一個求變的時期。經濟與社會改革的衝擊，使箝制思考的政治體制逐步鬆綁，從而詩人在新的文學環境裡，也開始產生活潑的想像。

陳黎帶來的喜悅與挫折，似乎可以從一首詩的閱讀開始。一九九四年，他寫下〈一首因愛睏在輸入時按錯鍵的情詩〉，無疑宣告一個全新美學的到來。他突破了神聖與卑賤，愛情與背叛，道德與情慾之間的界線。初讀之際，那彷彿是遊戲之作。再三細讀後，就不能不思考這首詩背後的台灣社會。長期存在於台灣的美學思維，基本上都依賴兩元論的辯證：男與女，光明與黑暗，文明與野蠻，異性戀與同性愛。這種穩定牢固的對稱，支持一個永恆不變的價值觀念。隱約中，有一道分明的界線，容許昇華者繼續昇華，沉淪者繼續沉淪。陳黎的詩，充滿了挑戰，也極盡挑逗之能事。全詩十六行，描繪一場愛情的荒誕不經：

親礙的，我發誓對你終貞
我想念我們一起肚過的那些夜碗
那些充瞞喜悅、歡勒、揉情秘意的
牲華之夜
我想念我們一起淫詠過的那些濕歌
那些生雞勃勃的意象
在每一個蔓腸如今夜的夜裡

陳黎，《島嶼邊緣》（台北：皇冠文學，1995）。

帶給我飢渴又充食的感覺

錯誤與錯愕的表達方式，已經暗示詩中男性的表裡不一。如果純粹就聲音來聆聽，顯然是一首至情的作品。但是在鍵盤上錯落有致地打出文字時，表面的語言與內心的感情，落差竟有如此。在西方，傾向於相信說話比書寫還要真實，還更具說服力。在東方，反而相信文字比語言還更接近真實。從語意學來看，前者是語音中心論（phonecentrism），後者是符號中心論（logocentrism）。陳黎的詩，顯然是在語音與符號之間進行挑撥的遊戲。或者說，錯別字才是他內心的真情。而聲音的表演，則只是在唬弄他的情人。

刻意拆解聲音與文字之間的邏輯結構，可能是後現代文學的重要特色。在傳統語言學裡，文字與意義似乎一直維持穩定的連結。長久以來，望文生義的閱讀習慣顯然支配了整個文學世界。或確切地說，作品等於作者的批評範式，似乎是解讀文學的一個重要途徑。進入後現代時期，種種約定俗成的脾性，都開始遭到挑戰。陳黎展現出來的創作模式，有意使習慣的閱讀策略完全陌生化。這首詩適合從純粹的聽覺來接收，尤其是藉由聲音的傳達，情人可以閉目享受那種甜言蜜語。但是睜開眼睛閱讀文字時，詩的意義便全然兩樣。這是一首睜眼說真話，也是一首閉眼說瞎話的詩。文字已經不能負載完整的意義，詩裡的錯字，歧義，諧擬，反而比字正腔圓的表現還來得真切。

後現代美學能夠在最短篇幅的作品裡，容納豐富多元的價值觀念。傳統文學所崇尚的純正、標準、揚善，一直被視為藝術上的美德。為了臻於至善的境界，作者必須努力排除駁雜的異端思維。由於太過純正，使得文學品味只能在少數的生活圈流傳。陳黎建構起來的詩學，簡直是正面迎戰官方的文學教化。他在一九八九年所寫的〈蔥〉，夾帶著豐富的聯想。閱讀之際，彷彿就像走過詩人所熟悉的街道：

我的母親叫我去買蔥。
我走過南京街，上海街
走過（於今想起來一些奇怪的
名字）中正路，到達
中華市場
我用台語向賣菜的歐巴桑說
「甲你買蔥仔！」
她遞給我一把泥味猶在的蔥
我回家，聽到菜籃裡的荷蘭豆
用客家話跟母親說蔥買回來了

陳黎，《小丑畢費的戀歌》（台北：圓神，1990）。

親切而陌生，親近而疏離，瀰漫在詩行之間。親切的是詩中的語言，疏離的是官方的街道命名。台灣文化史的歷程，濃縮在短短的詩行之間，其中有台語、日語（歐巴桑）、客家話、荷蘭豆，以及戰後的國語，簡直是琳琅滿目。當小孩走過南京街、上海街、中正路、中華市場，暗示著距離我們共同的生命是多麼遙遠。這些戰後才出現的街道名稱，高度隱藏權力的象徵，無所不在地滲透於日常生活裡。蔥，帶著最鄉土的泥味，是市井小民的生活必需品，連結了社會底層的多少生命。那樣曲折蜿蜒的歷史，壓縮在蔥的意象裡，正是這首詩的關鍵所在。從一株蔥，延伸出海島的多元文化，以及多元族群的漫長歷史，反映了後現代詩學的迷人之處。

陳黎生長在花蓮，那是多元族群共生共榮的土地。那裡的原住民、福佬人、客家人、外省人，很早就營造出一個生命共同體。然而，國家教育總是企圖把他們帶到遠方，帶到一個這輩子看不見的陌生土地：

我帶著蔥味猶在的空便當四處旅行
整座市場的喧鬧聲在便當盒裡熱切地向我呼喊
我翻過雅魯藏布江，翻過巴顏喀喇山
翻過（於今想起來一些見怪不怪的

名字）帕米爾高原
到達蔥嶺
我用台灣國語說：「給你買蔥！」
廣漠的蔥嶺什麼也沒有回答
蔥嶺沒有蔥

相當口語化的詩行，暗藏著壓抑許久的抗議。所有的台灣學子，都被教育去背誦遙不可及的地理名詞。操著台灣國語的孩子，可以把教科書上的陌生名詞記誦起來，卻完全無法與他的生活銜接。小孩的心靈，夢遊在所謂故國的天空，是那樣虛無縹緲，又是那樣徒勞無功。這首詩彰顯了政治權力是何等荒謬，也揭露台灣是如何走過一段荒唐的歷史。當這首詩完成時，詩人藉由蔥的意涵，明確點出台灣的自我定位。他的作品，沒有像現代詩懸宕、跳躍、切斷的技巧，他打散濃縮的語言，使每一行詩都貼近真實的生活。因為打散，反而可以從純正的國語教育解脫出來，到達後現代的藝術精神。

後現代藝術一方面建構主體性，一方面強調差異性。陳黎詩學恰恰就是在表現這樣的精神。如果花蓮是構成台灣主體的一部分，則這塊東部海岸的後山，足以顯示主體內部的文化差異。詩人不斷回到歷史記憶中，觀察這土地上文化是如何形成。他的詩往往指向豐富的族群文化，他不在乎人口數量的多寡，而特別側重文化的厚實質感。熟悉他的作品，就知道他思想深處永遠有一座歷史舞台，容許不同族群演出各自的記憶，而且發出不同的語言聲音。族群文化之間存在巨大的差異，但是在他的歷史舞台上，都是平等共享。

陳黎，《家庭之旅》（台北：麥田，1993）。

他在一九九三年的兩首詩，〈紀念照：昭和紀念館〉、〈紀念照：布農雕像〉，夾帶著歷史沖刷的力量，讓讀者接受時間的淘洗。已經泛黃的歷史照片，一方面暗示台灣現代化的進程，一方面凸顯殖民統治的殘暴。這兩首詩，具有強大的批判張力。在權力支配下已呈扭曲的歷史圖像，詩人有意透過詩行來拯救原有的真相。由於政治權力的更迭，所有歷史原貌已經消逸無蹤：

應該有一塊花蓮港廳消防組的牌子掛在
原來題著阿美族會館幾個字的地方
昭和三年，族人們歡喜地把祖先用過的

石臼、木杵搬進會館，飲酒，歌唱
慶祝他們出錢出力蓋成的這棟紀念館
但一如進出的船隻很快把滴在水面上的
築港者的血汗擦掉，日本運來的消防車
很快把殘留地上的檳榔汁沖刷乾淨

昭和紀念館是現在的命名，它原來是阿美族會館，曾經是原住民投宿的地方。戰爭來時，便成了消防隊的住址。戰後改為民防指揮部，不久，又變成國軍英雄館。一幢小小的建築，在不同歷史階段竟流動著傲慢的統治者權力。最初原是殖民者向阿美族示好，那種友善何其短暫。以後建築物的不同命名，都在展現當權者的統治意志。他解構並批判政治權力的手法，可以說頗具後現代的思維。從另外一方面來看，他的詩散發出來的濃烈歷史感，卻又帶有深層的後殖民批判。後殖民思考是一種文化主體建構的策略，後現代美學則屬於一種解構權力的技法。而這正是陳黎詩學最為迷人之處。在重建海島記憶之餘，他仍然不忘對殖民者進行各種戲耍與嘲弄。交相運用後殖民與後現代的兩種策略，無形中產生相生相剋的效應，使詩中暗藏的意義更加繁複。

第二首〈紀念照：布農雕像〉，則完全站在原住民的主體位置回看歷史。照片中有九個布農族人被綑綁在日本分駐所之前，只因為他們強悍反抗無理的殖民統治：

九塊頑固的石頭，並排坐在分駐所門前
鐵鍊鎖住他們的手腳，鎖不住他們的靈魂
如果巨斧敲打他們，讓他們的頭落地，成為
另一塊石頭，他們的軀幹仍將是完整的雕像
矗立在他們自己的土地上。⋯⋯

在世紀末再次回看，攝於一九二八年的照片。黑白影像的容顏與身姿，果然是那樣分明，又是那樣傲慢。時間已經退潮，權力也已消失無蹤，他們是九尊雕像那樣地坐在那裡。照片不會說話，但是詩人的語言迸發出來時，吶喊般喚醒我們現在的靈魂。陳黎善於過濾多餘的情緒，也擅長彰顯歷史的光影。他寫的是後殖民詩，不經意之間為本土詩添加濃烈的色彩。他既不淪為口號，也不滲透意識形態，戰前遺留的悲憤，還是轟然而來。

一首近乎童詩的〈旋轉木馬〉，是一位父親帶著女兒在市民公園遊玩。乾淨的語言，澄澈的意象，流轉在節奏穩定的詩行之間。沉浸在十塊錢一首的機器兒歌裡，豐富的記憶旋轉而來，於焉釋出這樣的詩行：

靜立的石獅，石象，長頸鹿
在暈眩中紛紛加入舞動的行列
圓外的青山，綠水，忠烈祠
也跟隨我們一同轉旋
我們在重疊的時空中奔馳
她的童年追趕著我的童年

利用蒙太奇的手法，旋轉中的記憶不再只是父親與女兒，而是周遭的景物以及歷史上父親的形象，都一併捲入。木馬轉動時，不只是自然景物，中間也浮現忠烈祠的意象，兀然闖入純潔無瑕的童年。明明是家族的休閒生活，卻無端插入國族的象徵，強烈暗示了權力果真是無所不在。詩人所選取的場景，以及他使用的語言節奏，都是在強調台灣歷史的縱深。在格局有限的海島，那麼多統治者在最短時間交替，遺留下來的不同文化，造成今日台灣失語與多語的現象。這首詩以最簡潔的詩行，表現最複雜的歷史：

週日的忠烈祠公園。年輕的父親

陳黎，《小宇宙：現代俳句200首》（台北：二魚文化，2006）。

帶著我及母親在石階上奔跑
我吃著壽司，聽母親唱好聽的花的歌
父親用日本話夾雜台語和母親交談
一輛軍用卡車滿載士兵從山頭駛下
吊橋邊，兩個山地婦人
頂著剛撈起的蛤蜊從美崙溪走上來

忠烈祠、壽司、日本話、台語、軍用卡車、士兵、山地婦人，此起彼落，穿插在詩行的節奏裡。其中有政治權力的象徵，也有純樸庶民的生活。這是一種混融式的圖像，非常後現代，也非常後殖民。只是帶著女兒出遊的一日，卻回憶著如此繁複的歷史經驗，恰好可以感受滲透在日常生活中的細緻權力。詩人或許沒有發出任何抗議的聲音，但以並置（juxtaposition）的方式羅列出不同景物，批判力道便暗藏其中。這是陳黎最擅長的技藝，容許歧異的事物平行排列，立即就產生奇異的美感：

白翎鷥，車畚箕，車到溪仔邊
賣香腸、賣冰淇淋的；賣熱狗、賣甜不辣的

這是最尋常、最熟悉的聲音與意象，背後卻帶出非常豐富的文化。第一行是台語歌謠，第二行是市井小民的小吃。香腸是本土食物，冰淇淋與熱狗是西方舶來品，甜不辣則來自東洋。如果沒有穿越多重的殖民史，台灣不可能出現如此多元的庶民食物。好像非常親近的意象，其實是有多少政治權力累積而成。化為生活一部分之後，被殖民者便失去抗拒、批判的精神。

陳黎詩學很早就偏離現代主義的濃縮語言，他把精練的語法與句式打散，拆成口語化的敘述。有時讀來像散文，卻又具有一定的節奏。他使鬆綁的語言在恰當詩行裡獲得節制，利用意象、聲音來鋪陳美的錯愕，而終於達到藝術效果。他在一九九〇年代末期所寫的〈貓對鏡〉，有某種蒙太奇的效果。既是現代主義藝術，也是後現代主義美學：

我的貓從桌上的書中躍進鏡裡
它是一隻用膠彩畫成的貓
被二十世紀初年某位閨秀的手
在一位對窗吹笛的仕女腳旁

陳黎，《貓對鏡》（台北：九歌，1999）。

我把書闔上，按時還給圖書館
而它依舊在鏡裡，在我的牆上

詩人想必是閱讀女性膠彩畫家陳進的作品，他著迷於畫冊裡那隻寧靜的貓。陳進作品代表二十世紀前半葉的女性美學，那是一種工筆畫，色彩和諧，布景頗有秩序，總是讓觀者進入一個祥和的世界。詩人著迷的那隻貓，彷彿沉浸在一個深邃的歷史情境。由於過目不忘，他總是錯覺在鏡面不時看到貓的影像。遺留在他印象裡的貓，是他反覆求索的遙遠時代，到今天仍然歷歷如繪：

有時我聽見笛聲從鏡中流出
夾雜著月琴和車輪的聲音
那朱紅的小口未曾因久吹剝落
唇膏（我猜想時間的灰塵模糊了
那些旋律）我輕擦鏡面，看到
蜷臥的貓打了個呵欠，站起身來

非常寫意的感覺，也似乎流進讀者的心。必須運用這樣抒情的節奏，才能把我們帶到那一幅畫前，不，應該帶到他的鏡前。畫中景象無疑是屬於靜態，而詩中感情竟如此溫柔地沖刷我們。吹奏笛子的朱紅小口，凝固在那年的畫中。然而渲染出來的寧靜，並不因時間的長遠而受到破壞。女性畫家釀造出來的空間感，竟使蜷臥的貓打了個呵欠，使畫作立體起來。在最後一節，更加傳神：

它一定在她們手上的鏡子裡
瞥見了自己，慵懶，然而依舊
年輕，寄住在我書房一角牆上的
鏡裡，瞥見鏡子外面坐在桌前
閱讀寫字的我，並且好奇什麼
時候，我再攤開一本書，一張紙

讓它跳回桌上

這是過去與現在的交融，是靜態與動態的辯證，是鏡像與實像的重疊。詩中所描繪的景況屬於歷史，而流露出來的感情則完全屬於現在。歷史感特別豐厚的詩人，頻頻回首瞭望記憶裡的人和事。這首詩寫的是歷史，但整個觀點都是出自詩人的視野。他描寫自己的感傷，落寞，與孤獨，也描繪了台灣歷史的寂寞與空缺。他企圖用充滿感情的詩行，來填補那永遠填不滿的歷史漏洞。聚焦於貓，其實是在乎那寵物的流動感。畫中靜態的仕女，鏡外書寫的詩人，因為有貓的浮現而產生連結。

陳黎是後現代詩人，更是後殖民書寫者。讀他的作品，不能完全從作品來切入，而必須與浩浩蕩蕩的海島歷史聯繫起來，才能感受他洶湧而來的聲音。那是靈魂的吶喊，是歷史的回音。他的詩學所開啟的視野，是那樣深不可測，正好彰顯了台灣歷史的流動是如此難以掌握。

陳黎，《陳黎跨世紀詩選》（新北市：INK印刻文學，2014）。

本文原載《聯合文學》三六〇期（二〇一四年十月）

欲說未說的愛

這世界是由二分法的思維建構而成，這種兩元論存在於自我與異己之間的差距。在聖經裡，上帝把天與地分開，把光明與黑暗分開，把男性與女性分開。兩種價值的對立，不僅決定了優劣的距離，也決定了善惡的界線。這種思維方式，我們稱之為秩序，或命名為體系，或視之為傳統的倫理，甚或人類的文明。我們依賴這樣的方式，已經生活很久，而且也不想改變它。一直要到女性覺醒時，才愕然發現，原來世界從來就不應該長這個樣子。

陳育虹的詩誕生時，世界正在改觀。兩元論的思維方式可能發生動搖，卻還是被擁護秩序者所遵循。陳育虹是遲到的詩人，在接近世紀末之際，她的名字才被看見。那時她出版了第一本詩集《關於詩》（一九九六），詩行之間隱藏的聲音，節奏，感覺，在許多讀者的內心產生震動。她的最新詩選《之間：陳育虹詩選》，從題目到詩作都充滿了微言大義。書名本身寓有高度的暗示，顯然不願意就範於兩元論的陳腐思維。

之間（in-between）的命名，就富有流動的意涵。為了不要陷於兩極選擇的窠臼，也為了不要落入刻板的正反辯證，她採取隨時可以移動的位置。可以進退自如，可以隨時翻轉，她保持一個自由逃逸的空間。傳統論者酷嗜鮮明的定義方式，依賴不是／就是（either/or）的簡單思考。有時則乾脆遵守優先原則（first principle），讓女性永遠居於第二性的位置。陳育虹的詩觀，彰顯模稜兩可的優位性，在進退之間，正反之間，是非之間，刻意占據一個非常遼闊的想像。她有意識地避開語言的囚房，動用的每一個字，都有她伸縮自如的技藝。為了要遁逃僵化的定義，也為了要偏離腐敗的觀念，她始終保持潤滑的想像，遊走在無邊的天地之間。詩集的引言，她寫下這首詩：

光影之間，虛實之間，時空之間
聚散浮沉冷熱動靜去留輕重
以至迷悟死生之間，你我之間。
這介系，這容納我們的方寸。
這幾乎抽象的，因為不確定而極寬大的
一切生發之間。

陳育虹，《之間：陳育虹詩選》（台北：洪範，2011）。

整個宇宙，置放在她的內心世界，都是屬於生發（becoming）的過程。前面三行，豐富地呈現了多組對立意象，光與影，虛與實，時與空，聚與散，浮與沉，冷與熱，動與靜，去與留，輕與重，迷與悟，死與生，你與我。其中投射著敏銳的情感，眷戀的記憶，嚮往的價值，飄逸的夢境。兩者之間的距離，可能只有方寸那麼長，卻因為處於中介的位置，反而擁有寬闊的游移空間。身為女性，生來就遭到陰性化（feminization），好像是一個空白的主體，靜態地等待被命名、被定義。詩人顯然企圖要掙脫那確定已久的秩序，再也無法接受被動的地位。她並未表達憤懣之情，而只是悄悄移動既定的位置。

陳育虹詩行之迷人，在於她節奏快慢強弱的調性，用以彰顯她內心情感的抑揚頓挫。她勇於斷句，更勇於接句。在斷續之間，似乎可以聽見她起落有致的聲音，敲打著讀者的耳朵。彷彿是呼應她那種「之間」的美學，不容易輕易捕捉，無法立即定義她的聲音動向。在台灣抒情詩的行列裡，陳育虹釀造出來的意象最為滑溜。她特別喜歡跨句的表演，一行詩可以短到剩下一個字，更可以長到十六個字，長句可以單獨成詩，短句則是上承未完的前一行，並開啟即將綻放的下一行。投入她的想像時，詩人既表達她身體內部的聲音，也同時操弄挑逗讀者的情感。她是那樣難以定義，創造的詩句有時是謎語，有時是迷宮，最後卻都證明是喜悅。《之間》的第一首〈讓雨〉，正是典型的範例。開始連續七行是如此展開：

讓月亮微汗
讓蟋蟀嗓音壓低像書頁掀動
讓液體落在液體
讓牆讓禁地讓凝固的

裂縫自行遷移讓填補
讓一隻筆寂寞讓落葉的塗鴉
星塵爆讓記憶

這是相當大膽放肆的寫法，每一行都以「讓」起頭，讀來好像是順其自然，卻暗中帶著強悍的指令。閱讀之際，簡直不知如何斷句，每一行都是完整的句子，讀完後又覺得是屬於殘缺。由於無法切割，就必須接受詩中的每一行。如此纏綿的想像，已經把外在的世界置之度外。當詩人容許月亮微汗，容許液體落在液體，容許一隻筆寂寞，她究竟在說什麼？其中暗示著男女的歡愛，他們是那樣專注，又是那樣投入，周遭發生的一切都受到允許。牆，禁地，凝固，這些意象都是屬於靜態，裂縫、遷移、填補則是屬於動態。詩人所要掌握的是動靜之間的感覺，寫的雖然都是簡單句，卻帶動了繁複層疊的想像。如果把這樣的詩句轉換成朗

陳育虹，《河流進你深層靜脈》（台北：寶瓶文化，2002）。

讀，似乎可以聽到流轉的聲音不止不休。

她酷嗜重複的句型，可以使想像消滅時，又重新出現。她擅長在用過的句型，注入新的意象與感覺，同樣的聲音再三浮現，有意使想像一層一層加深，而終於印刷在讀者的記憶裡。〈羽〉的寫法，就像〈讓〉的演出方式，造成一種循環的流動感。因為是不停流動，才有可能使壓抑的情感彰顯出來。這首詩分成三節，詩人刻意使整首詩呈現無重量。令人閱讀時，愛不釋手。全詩第一節：

比棉紗比雪比煙燼
更輕
（比記憶更輕的）
雁羽
比笛音比梅花暗香
比嬰兒的笑
更輕
比魂魄更輕

雁羽
比我的詩
更輕

寫給女性朋友亞君的這首詩，在於強調生命與愛情的輕重。什麼是輕於鴻毛，什麼是重於泰山，身為女性，都有非常鮮明的抉擇。當她以雁羽比喻時，並沒有明說是指什麼，一旦拿來與棉紗、雪、煙燼、笛音、梅花、嬰兒的笑、魂魄，以及自己的詩來比並時，雁羽的意象似乎呼之欲出。每當使用「更輕」的字眼時，都成為單獨的一行。在詩人的生命比重裡，輕，恐怕就是重的意思。在眾人的價值觀念中，愛情是最容易表達，卻也最不容易衡量。由於過度使用濫用，愛反而變成那麼不經意，那麼不堪聞問。詩的第二節，她再度強調輕的意象：

他在你耳邊說了些什麼？
善與惡與美
造化與真理與救贖
他有沒有提及抉擇與

自由
他有沒有提及　昇華
（每一羽類
都該記得飛翔
都該記得風與天空
都該記得　輕
聖芳濟有沒有這麼說？）

如果第一節是女人跟女人說話，這一節則是女人說話中的男性。他們傾向所謂真理的追求，例如善，惡，美，真理，救贖，這世界創造之初，就已經由男性來統治，他們善於扮演正義的角色，也習慣於強調真理的捍衛。在男人的世界，所有的意義都站在絕對那一邊，因此，愛情的意義，也往往拿來作為善與惡的詮釋。詩人特別提醒她的女性友人，「他有沒有提及抉擇與自由」。對男人而言，愛情就像羽毛那樣，毫無重量，對女人而言，縱然愛情如羽毛，卻是值得追求的價值。詩人說話的聲音很輕，動用的意象更輕，卻對男性的世界施以重重一擊。因此才有第三節的聲音：

所以飛吧，野雁
用你僅存的一片羽
（比記憶更輕）
飛越時間與空間
（比魂魄更輕）
飛成淡淡寫在雲端寫在
水面的浮影
（比詩更輕）

那是你
與我
我們最初的航行

如果女性可以比喻成野雁，最重要的抉擇，恐怕不是所謂的救贖與善惡，而是自由的飛翔。全詩最重要的意象是羽毛，詩人完全不說出在象徵什麼，羽毛最容易隨風而逝，真的比一首詩的分量還輕。她沒有說出的那個字，無疑就是愛，但詩人完全不說出口。不輕易說出，絕對不是禁忌或褻瀆，就像禪那樣，簡直不可說。凡是說出，就偏離真實的意義。欲說而未說，正是陳育虹作品最為動人而迷人之處。對她而言，愛是多麼稀有，多麼珍貴，多麼難以定義，所以就不直接去碰觸。因為沒有定義，也就沒有形狀，反而使它的規模非常龐大。正如禪學的一大公案，學僧問禪師：「如何是佛？」洞山守初禪師回答：「麻三斤！」畢竟禪沒有任何理路可循。對詩人而言，愛既然無可名狀，可以是羽毛，也可以是嬰兒的笑，更可以是梅花暗香。

禁止自己不說的一個字，是陳育虹詩學最重要的技巧。她選擇不說，便形成一個巨大的空虛，彷彿可以填補豐富的意義。一旦說出，那意義就立即消失。她擅長使用替代的符號來影射真實的意義，偏愛借用天地的萬事萬物，來烘托內心的感覺。在她稍早的詩集《索隱》，書名便道盡一切。隱去的部分，才是她要表達的意思。因為隱去，所以才要追索。然而，追索之後，又不必然找得到。詩集的第四十八首，開始的五行是這樣：

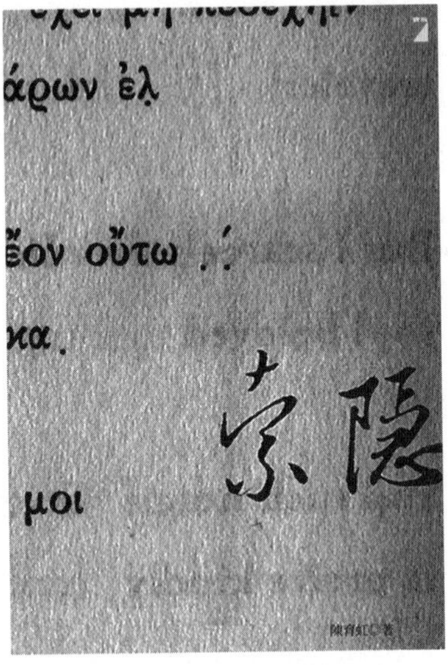

陳育虹，《索隱》（台北：寶瓶文化，2004）。

你不再是
我的，不再出現
只剩一個模糊的字
風，或者，煙
只剩想像

當「你」不再是我的，就變成各種不同的意義。如果「你」是情人，似乎有千絲萬縷的聯繫，每一條線都可以找到。從此不再是情人之後，所有充實的意義便立即蒸發，曾經有過的任何定義，至此再也不具任何意義。愛與不愛的力量都同樣巨大，也都不能確切給予具體的名字。你，「只剩下一個模糊的字」，再也不是過去那熟悉的名字。剩下來，可能是風，可能是煙，或可能是空洞的想像。陳育虹可以使用簡單的句法呈現龐大的想像，產生出來的藝術張力竟有如此。

她終於還是沒有說出那個字，這首詩的最後第二節，她說：

但你是讓人更焦慮的
什麼——

一個魂也許；空的
虛的，無形的，浮動的
……沒有。
我如何等待沒有

這樣一場戀愛，如果只剩下等待，接下來便互相折磨。缺乏那一個字的魂，是空虛，無形，浮動，甚至是一無所有。當那一個字什麼都不是，便不值得等待。詩人是如此結束：

所以我不再等、想像
你不再出現
你不再是我的
痛

謎底揭開時，一切的等待便宣告結束。詩人只說痛，沒有提到恨、憎惡、仇視，只要一個字，一切便都明白。不要說破，也就是不要定義，等於放下這世間一切的枷鎖，同樣是一個字，卻又可以變得非常高貴，是極品的氣質，是稀有的價值，卻又不能給予庸俗的解釋。

當她寫出〈塔克拉瑪干〉，再次展現一個字的力量。塔克拉瑪干，是新疆一個浩瀚的沙漠，那是天涯海角的一個夢境。如果沒有感情，這個地名不具任何意義，感情一旦燃燒起來，它便無所不在。所有的不可能，都變成可能。一切的無法企及，證明是伸手可及。只要一個字具體浮現，這天地宇宙便具有一定的形狀。為了不要落於言詮，詩人以虛代實，只因為那一個字的內容太過神聖，崇高，深不可及，使用任何具體的字眼來概括，不免都是褻瀆。刻意虛位以待，反而可以彰顯那一個字的神祕與奧妙。

陳育虹釀造令人難忘的意象，從最安靜的事物裡，她可以挖掘出活潑有力的聯想。〈櫻花十四行〉正是其中的絕品之一，她寫四月，寫櫻花，寫欲望，以旁敲側擊的方式，試探內心是多麼不安。詩人到達春天的京都，勾起她豐富的情慾記憶。全詩完全不用逗號，有時是長句，有時是短句，整個節奏不停地跳躍，無止無息，暗示了季節裡心情之混亂。詩的前面七行是如此迅速：

這粉裙的吉普賽女郎這驚笑這雲鬢繚亂這櫻花
櫻花迷路在京都四月過於喧囂的哲學
之道這藍天這河這花一時一地這人
一時一地不說永恆這陽光

不是光是雄細胞雌細胞的激流這花
不是花是欲望
翻飛的俄頃是火的脫序美的杜撰是失去失去

所有繁複的字眼，都只是為了形容櫻花的飄落。她是粉裙的吉普賽女郎，是驚笑，是雲鬢繚亂，二十個字一氣呵成，簡直不容許停頓，也不容許呼吸。多麼亮麗的春天，多麼開朗的心情，也只有這快速節奏，才能讓內心的感覺表達出來。以迷路來形容櫻花的飄揚，正好點出漫天花瓣的歌聲，是何等高亢，又是何等喧囂。哲學之道向來極其安靜，只有吉普賽女郎的花裙，破壞了這安詳的道路。當詩行說：「這藍天這河這花一時一地這人」，簡直可以透露詩人內心的狂喜，一切都壓抑不住，只好借助奔馳的音樂來稀釋過濃的情感。櫻花與陽光屬於外在的風景，而內在的風景是什麼？「是雄細胞雌細胞的激流這花」，也是不斷冒出的欲望。這可能是陳育虹作品中，最快速也最沒有拘束的作品。看見花在風中翻飛的頃刻，詩人終於吐露真情，「是火的脫序美的杜撰是失去失去」。到達這裡時，詩已經有足夠的顏色、溫度、感覺。詩人什麼都沒有說，感情就在其中。她又開啟下半段：

這腳印由深漸淺漸恍惚漸漸

屬於四月等於四月這櫻花這豐熟的軀體童真的
靈魂大於四月
有人迷路
在櫻花的語尾變化
這春的傳道書這生死備忘
沙漏顛倒虛空這春的托盤粉屑的灰燼的靜

兩人在哲學之道的散步，越走越輕盈，就像櫻花那樣，舞之蹈之，逐漸恍惚。櫻花的隱喻，指向豐熟的軀體，也指向童真的靈魂。軀體充滿欲望，靈魂卻聖潔無比。陳育虹再次訴諸不落言詮的技巧，完全不說出涉及情或愛的影射。這首詩完全圍繞在櫻花的意象，放射出多重暗示，多重意義。京都之旅，是春的傳道書，也是一段生死備忘的旅程。最後一行點出春的托盤粉屑，春的灰燼，春的靜，彷彿一切歸於虛空，反襯出她內心的飽滿與充盈。詩人刻意不要說出，不要道破，不著一字，愛就在那裡。

她的整冊詩集，到處都是欲說未說。只有一首詩〈定義〉是唯一有具體內容的詮釋。但是它的詩行是從否定句開始演繹：

如果沒有這些
沒有落地窗
山櫻，書，草綠絨的織毯
一個下午
沒有風的狐步

情人的相聚是在安靜的下午，周遭的事事物物都是屬於有情。只有情人在身邊，所看見的任何一件擺飾，都沾惹了情感。如果沒有這些，那個下午就無法定義。如此速度緩慢的詩行，帶著多情的節奏，詩人說：

陽光下三兩個搖晃的，幾乎
抓不住的字
circle，glamour，blessing

三個毫不相干的字，正是那神祕時刻的感覺，第一個字代表環抱，第二個字意味著魅力，第三個字就是祝福。整個下午的感覺，由不同的事物所構成，例如葉子、咖啡、蜜蜂、山櫻，毫無邏輯的思維，卻烘托出三個英文單字。這三個單字在定義什麼？詩人在最後一節給出答案：

所以圍繞不是圍困
魅力不是鬼魅
是祝福，幸福，福分
應該說是恩賜，一個下午
如果
沒有你
也就（幾乎）抓不住了

這七行都在定義前面的三個單字，但是定義並不是定義，如果沒有你，就什麼都不是。詩人終於也有落入言詮的時候，整個世界彷彿都是虛實不定，最後還是需要有一個「你」的存在，否則世界便失去依靠。

在現階段的詩壇，陳育虹應該是最佳詩人行列中的其中一位。她擅長利用聲音的抑揚頓挫，來表達情感的起落有致。她的長短句，便是控制得宜的祕訣。當她拉長詩行，朗讀的語氣就特別急促，當她不斷換行，音樂性便舒緩下來。但是，她並不只是聲音的演出者，還更是一位文字的掌控者，她喜歡隱忍不說，甚至完全不揭開謎底。尤其是「一個字」的句法，已經成為她詩的本色。她永遠不說，虛位以待，終於相當成功地造成強悍的張力。

本文原載《聯合文學》三五八期（二〇一四年八月）

一座雕像的完成

藝術的完成，無論是視覺或聽覺的作品，都需要時間的醞釀。時間是什麼？它是歷史，是記憶，但更多的時候是屬於一種意志。意志是時間激流中的堅持，也是與時間無止盡的對峙與搏鬥。朝向完美藝術的追求，往往是從點滴與瑣碎出發。零碎的思維，剎那的靈光，經過長期累積，而逐漸構成一定的想像版圖。藝術的完成，就是生命與人格的完成。中間經過身體的考驗，心靈的鞭笞，終於沒有受到摧折，從而才有可能到達峰頂。對一位詩人而言，從年輕時期就開始營造小規模的藝術格局，可能是一首短短的詩，最後匯集成一冊小小的詩集。對一位雕塑家而言，最初可能是面對一塊格局有限的頑石，從沒有生命的石材中，呼喚出靈動的生命。

余光中的長詩〈大衛雕像〉（《INK印刻文學生活誌》一二一期（二〇一三年九月）），完成於他八十五歲生日之際。這是對雕刻巨匠米開朗基羅（Michelangelo）的謳歌，詩人所營造的是平面文字，雕刻家所建構的是立體巨石。兩種藝術，需要處理的媒材截然不同，但都是企圖在沒有生命的空間裡注入生命。余光中寫米開朗基羅的〈大衛雕像〉時，年屆八十五。站在年齡的高峰，他回望藝術史上的另一座高峰，似乎已經可以看得非常明白。詩人所占據的高度，是經過多少歲月的淬鍊，到達藝術峰頂時，無疑是把畢生所穿越過的美學經驗，都重新彙整起來，然後以恰當技巧表現生命的極致。在高齡階段，余光中駕馭文字的能力，已經到了出神入化的地步。彷彿呼風喚雨那般，他可以信手拈來最精確的字眼，來詮釋米開朗基羅的雕像。

這是大師與大師之間的對話，是現代與歷史之間的交談，也是東方與西方之間的跨界詮釋，更是平面文字與立體藝術之間的結盟。要到達如此境界，詩人首先必須具有豐富的歷史知識，也必須擁有多元的藝術理解。當他面對大衛像的雕刻時，想必震懾於那磅礴的氣象，而在內心產生激盪的共鳴。他胸中一定有不得不言的感發力量，使手上挺起的筆不能不釋出無盡的讚嘆。然而，詩人又必須自我節制，不能讓過剩的激情氾濫於紙面。他在詮釋過去的生命，但其實是在詮釋自己內在的魂魄。因此，當他縱橫於中外古今之際，在一定程度上，也是在尋找自己的生命定位。

完成於文藝復興時期的大理石〈大衛像〉，是由一個巨大的頑石雕塑出來。歷經幾位偉大藝術家的檢驗，最後落在米開朗基羅的手上，從一五〇一至一五〇四年，耗費藝術家三年多的時間，才巍然成形。高達五百一十七公分的雕像，矗立在佛羅倫斯市政廳舊宮的入口。那是一座裸像，表現出勝利的姿態。他的腳踩在大力士的首級上，頗具征服的氣勢。余光中動筆歌頌這座無上的藝術品時，似乎還停留在受到震懾的狀態。他不僅親自觀察過雕像本身，而且對背後的藝術發展史也瞭若指掌。詩的開始，是從石頭的原始生命寫起：

你原是卡拉拉大理石礦
附近的波代丘採石場
一塊高貴的大理石，比希臘
帕羅礦所產更白更純

當藝術生命未被呼喚出來之前，大理石能夠展現的本色，就是純白的特質。如果沒有巧妙之手，透視之眼，便是石頭內部的生命，一塊石頭就是一塊石頭。於滿山遍野的草木，同樣接受風雨的侵襲，頑石能夠躍變成動人的生命，需要有無上之神給予引渡。如此純白的石材，已經等待千萬年。就像在期待一個知音那樣，耐心在沉寂的時光中苦等。那是一種命運的押寶，落在誰的手上，就決定未來怎樣的身世。佛羅倫斯的兩位雕塑家，杜奇歐（Agostino di Duccio）與羅塞里諾（Antonio Rossellino），曾經受邀嘗試動工，最後都廢然而退。頑石自有它的脾性，總是希望能夠與有緣人相互結盟，必須等到米開朗基羅出現時，這塊巨大的石頭，終於俯首接受鐵鎚的敲打。詩行如此說：

你體內，純淨剔透的深處
囚禁著一尊不甘的巨靈

> 自古一直在苦等，而今中世紀
> 將醒，文藝復興正光臨

如何喚醒囚禁在石內深處的靈魂，似乎需要有一個強悍的意志來展開對話。年方二十六歲的藝術家，容許大理石豎立起來，便已經決定這將是永恆站立的大衛。肉身與石身之間，存在著兩種人格。肉身的靈魂，與生俱來便擁有豐富的想像力。而石頭內部囚禁的靈魂，則需要等待被命名。詩人在這裡夾帶龐大的歷史暗示，正是石頭將醒過來的時候，黑暗時期的中世紀，也即將迎接文藝復興的靈光。石頭內部的魂魄，如果可以呼喚出來，整個西歐的現代靈魂也即將誕生。巧妙使用雙軌的歷史視野：一方面強烈隱喻，米開朗基羅如何施展點石成金之術；一方面則強調，文藝復興如何使歐洲社會恢復文化的生機。偉大的雕塑家與偉大的時代並置時，使大衛雕像背後的歷史更具輝煌氣象。

雙軌思維（twin way of thinking）與雙重視野（double vision）的運用，一向是余光中創作時擅長的漂亮手法；既造成聲東擊西的效果，也帶來繁複的意象。他描述雕塑家對著頑石施以斤斧時，並沒有忘記藝術背後的悠遠歷史。詩人兼顧時間與空間的縱橫交錯，顯然有意要使平面想像產生立體效果。當他形容米開朗基羅開始動工，詩開始呈現一種速度感：

米開朗基羅爭到了巨石
他們把你從地面扶起
扶正，巍然像一座里程碑
標示光榮的十六世紀
扶正，扶直，搭三層鷹架
讓米開攀天梯上下，把你
石中之囚，大理石的魂魄
一鎚鎚，一鑿鑿，粉屑紛飛
把你從古獄中層層解放

五呎二（一五六公分）身高的雕塑家，面對矗立起來的巨石時，不免有一種侏儒面對巨人的困窘。這正是藝術誕生之前，最困難的挑戰。近乎長方形的大理石站立起來，顯然有一種居高臨下的氣勢。但是，雕塑家毫無所懼，憑藉他的靈視之眼，他已經看透囚禁在石內的生命。帶著雕鑿的工具，藝術家在石頭四周圍起的天梯攀爬，希望早日使大衛的生命解放出來。詩的節奏愈來愈快：

讓石屑紛紛，像雨季灰白
沾了他一身，深呼吸不可能
為了將你釋放，要及時
完工，他減食加工，很少梳洗
從不脫靴，他，是辛苦的上帝
而你，是難造的亞當

詩人以傳神的文字來形容雕塑家與石像，一個是上帝，一個是亞當。這樣的措辭，當然有其微言大義。任何一種藝術在誕生過程中，無疑是一場小小的創世紀。雕塑家從上帝那邊借來創造的手，使一個全新生命誕生在勞苦的土地上。每一鎚的敲打，能夠具有如此信心，是因為雕塑家曾經在許多遺骸中觀察，非常熟悉人體的筋骨與肌肉。在僵冷的屍體上，他看見未來復活的生命。因為相當熟悉人體結構，他具有慧眼可以看見別人看不見的生命。鎖在巨石內的靈魂，就在石屑紛飛中逐漸浮現出來。詩人是如此精巧地點出關鍵時刻：

三個助手先輪番敲打頑石
把多餘的白淨越削越薄

但最後來叩石，叫芝麻開門
令頑石點頭，把永恆吵醒
來迎接你的，米開朗基羅
他，也是以渺小搏碩大
一勇士，你擲石要誅巨兇
他剖石要救出巨靈

以小搏大是這場藝術較勁的關鍵挑戰，稍一失神，可能就全盤皆錯。「令頑石點頭，把永恆吵醒」是最具精神的一行，在死生之間，在成敗之間，在輸贏之間，藝術家好像與看不見的命運在拔河。精準的每一鎚，都必須恰到好處，為的是迎接頑石點頭的時刻，也是為了迎接永恆甦醒的剎那。整首詩循序漸進，從頭部的雕琢，到身體的完成，詩人的措辭用字也跟著進入緊張的時刻。在運思時，每一字每一句都要貼近生命誕生的過程。余光中集中在鼻梁的雕刻，遂動用了如下詩行：

神能造人，唯他能造神
甚至第七天也不肯休息

最後，他摸到了大衛的
也就是你的，峭直鼻梁
西方男性美典範的分界
右頰有神佑，左頰轉向強敵
英挺而峭直，尊嚴的陡坡
微隆似鷹，砥柱能排開厄運
米開一驚，凜於傑作之降臨
運足了想像，集中了神思
屏息而懸腕，「石刻披落」
在低空待命，尋立錐的一點
一鑿落錯，必全盤皆輸

大衛雕像最受矚目的容顏，莫過於那隻英挺的隆鼻。在中國繪畫裡，有畫龍點睛之說，如果能夠準確點出，整幅畫的神韻就彰顯出來。相形之下，雕像的盲睛，顯然傳達不出靈光，卻可以藉由鼻梁的光影，來呈現面部的表情。所以詩行說：「屏息而懸腕，『石刻披落』／在低空待命，尋立錐的一點／一鑿落錯，必全盤皆輸」。那是一種快、狠、準的技巧，不偏不倚，整個生命就被呼喚出來。藝術家必須對聖經的故事瞭若指掌，才能賦予整座藝術品的歷史意義，也才能夠精確表達石雕生命的意義。當整座雕像完成時，人類記憶中的傳奇故事，便栩栩如生呈現在觀眾眼前。在完工的時刻，詩行如此形容：

苦盡甘來，幾乎要忘記
近千個日子他如何熬過
如何疲於攀爬，筋瘦骨痛
敲打不休，與石鬥爭
如何一分神失足摔跤
此刻頑石竟活了過來
炯炯的眼神四目對望
欣然，愕然又惘然，望出了神

大理石變成雕像，無疑是起死回生的過程。盲睛的大衛，看見米開朗基羅的時刻，如果他有生命的話，想必是對這位救星充滿感激。余光中形容大衛像與雕塑家四目相對時的情景，動用了三個副詞：欣然、愕然、惘然，頗能動人心弦。欣然，是因為兩個生命終於互相看見。愕然，是因為石像第一次看見他的造物者，是如此訝異而陌生。惘然，是相見時完全無法以任何語言溝通，那是欲言又止的時刻，卻又充滿了千言萬語。三個副詞，把各種感覺都完全表達出來，其中揉雜著喜悅與惆悵，也交錯著殷望與失望之情。

具有豐富力道的雕像，永遠保持蓄勢待發的姿態。身體的每一塊肌肉，都帶著動感，夾帶著生命的能量，好像隨時企圖跨出一步：

看你左腳跨半步即止
與臉頰向左側正一致
右臂垂著，肌腱勃勃，筋脈突起
超大的右手可想正緊握
那待命而且致命的溪石
左肘緊收而左手控著
垂到肩後的佩帶，正是
慷慨一搏的剎那，立決死生

詩行對於手臂的描繪，盎然有神。聖經中的大衛，面對的是腓力士丁的巨人。雕像所釋放出來的氣勢令人震懾，他的體魄全然沒有絲毫遲疑，永遠是以無畏的姿態迎敵。即使沒有親眼看過雕像，只要細讀詩行所呈現的景象，大約也可以在想像中描摹他的身姿：

成熟的青年，胸肌坦陳
塊壘多健碩，肺活量驚人
脊椎把腰身挺得多神氣
臍眼，丹田，鼠蹊，凝聚著元氣
最令人訝異是三角洲頭
傳後的殖民地毫不惹眼
只低調垂著一對私囊
唯有一撮駭俗的恥毛
似經過精心梳刷，有意呼應
你終將帶上金冠的鬈髮

雕像裸露的私處，數百年來都引起爭議。肉體本色會變成一種邪念或褻瀆，完全是虛偽道德所形塑出來的偏見。詩人以凝視的方式，面對那惹人議論的下體。余光中以歌頌的語調，肯定大衛的裸身。以多健碩、多神氣來形容雕像挺立的脊椎，到了關鍵部位更是毫不避諱。詩行說，在三角洲頭，低調垂著一對私囊。語氣非常謙遜，卻掩飾不了某種傲氣。詩行最精采的地方，莫過於把駭俗的恥毛，來對照頭上的鬈髮。經過詩人巧妙的移位，似乎成功地分散了對私處的注視。「你終將帶上金冠的鬈髮」，是一種無上的榮耀。而這種榮耀，卻呼應了前面一行的「恥毛」，立即使所有的褻瀆消失無蹤。

余光中選在八十五歲生日時，發表這首兩百餘行的長詩，顯然暗藏了微言大義。與〈永恆拔河〉，一直是他藝術生命的最高境界。在年輕時期，詩人也寫過〈火浴〉一詩，強調所有不朽的藝術，都必須經過冰與火的試煉。在他接近時間的峰頂時，仍然未曾忘記年少時期的誓願。只要生命猶在，創作就繼續燃燒。當他選擇大衛像入詩，無疑是在延續他不滅的意志。〈大衛雕像〉這首詩寫到末尾時，詩人開始點出西方文化史的傑出精神：

余光中著，陳芳明選編，《余光中六十年詩選》（台北縣中和市：INK印刻文學，2008）。

你啊，和史上的以色列王
究竟能不能合為一身
但你立定了佛羅倫斯
即使在大師之列，也站穩了
文藝復興拔萃的頂點
柏拉圖的理念因你而顯
你沉著的怒顏似在對偶
蒙娜麗莎成謎的笑意

對抗腓力士丁巨人的以色列王，或許化身為大衛雕像。但是藝術完成時，不必然要與史實全然符合。藝術本身有它獨立的生命，可以重新詮釋歷史的意義。詩人刻意把這尊雕像的怒顏，來對比蒙娜麗莎的微笑，等於是讓藝術史上的傑出作品可以相互比並。這又是詩人典型的雙軌思維，把男性美與女性美相提並論，彷彿使西方美學得到陰陽調和。

在台灣詩壇上，有兩位擅長寫長詩的詩人，一是余光中，一是洛夫。前者的《天狼星》，後者的《石室之死亡》，已經構成一九六〇年代詩史上的雙璧。他們兩人都出生於一九二八年，屬龍，開拓出來的格局，已經成為經典的傳說。進入暮年之際，洛夫完成三千行

余光中，《天狼星》（台北：洪範，1976）。

的長詩《漂木》，余光中則完成這首兩百餘行的〈大衛雕像〉。可以確定的是，晚年發表這兩首長詩，必將引起後人無窮盡的探索。余光中曾經自稱「藝術上的多妻主義者」，是相當精確的自我定位。他縱橫於東西文化之間，也出入於現代與古典之間。他對文字的敏感，恐怕無出其右者。在遣詞用字之際，他從來不懼文白夾雜，也從來無畏於向西方語言索取詩情。對於「西而不化」的文字，他相當抗拒，卻畢生致力於「西而化之」的文字技巧。他從來不會避諱運用文言文，凡是經過他動用之後，古典文字自然就產生新的生命。細看這首長詩，便可發現他並不避開使用古典語詞。更可以發現他對西方藝術史的知識，相當豐沛。他具有引渡的能力，可以跨越時空，使遙遠的藝術作品宛然出現在讀者眼前。詩中富有政治史、藝術史、宗教史、文學史的不同知識，在格局有限的詩行中，容納豐富的知識，竟有如此。大師對大師的高度，必須具備藝術對藝術的純度。〈大衛雕像〉完成時，詩人又突破了藝術的峰頂。

洛夫，《石室之死亡》（台北：創世紀詩社，1965）。

本文原載《聯合文學》三五七期（二〇一四年七月）

知性的抒情

現代詩的抒情傳統，可以追溯到一九五〇年代。那是歷史的開端，戰爭陰影的威脅，動盪政治的噪音，曾經使多少魂魄騷亂不安。當整個時代仍然處於混沌狀態，歷史答案猶未浮現，詩可能不是救贖，卻可能在神祕時刻帶來寧靜。那是一個小小創世紀的年代，微光初次照進黑暗的天地。寂寞的心靈正在等待撫慰，遮蔽的眼睛也正等待撥雲見日。如果有一行詩從天而降，恰巧可以發光發熱，枯竭的魂魄就可起死回生。在那遙遠而荒涼的年代，方思的出現，彷彿是以神諭的姿態對著寂寥土地召喚。他的文字簡短，情感內斂，並且從未動用強烈而驚人的意象；而只是依賴透明的想像，舒緩的節奏，就可以使徘徊的情感沉澱下來。

方思已是一個邈不可考的詩人，在台灣詩史上是一則費人猜疑的傳說。詩藝受到徹底開發的今天，這位詩人好像已經撤退成遙遠的歷史背景。如果詩是檢驗一個時代美學的關鍵準則，方思的作品便不可能輕易略過。追索到他的時代，絕對不是為了懷念，而是要向他致敬。對於所有受過現代詩薰陶的年輕讀者，都不可能忘記最初的洗禮。重新穿越方思的詩行，還是

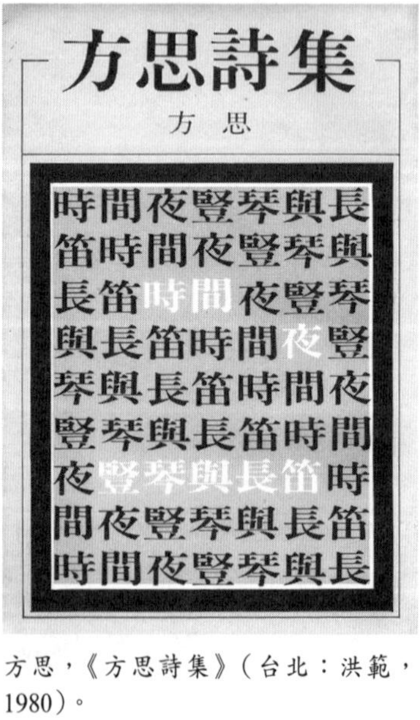

方思，《方思詩集》（台北：洪範，1980）。

可以感受他錘鍊出來的字句，是如何在心房深處響起回聲。在二十歲時，初讀他的〈仙人掌〉，不免發出驚嘆，愛情竟是這麼龐大，又竟是這麼渺小。而這樣一首詩，常常跟著漂泊的靈魂四處旅行，至今還是念念不忘：

愛你
就如以整個的沙漠
愛一株仙人掌
集中所有的水分于一點
而貫注所有的熱與光
陽光所曾普照的，驟雨所曾滋澤的
愛你
以這樣的熱誠，這樣的專一，這樣的真

第一次看見這首詩，彷彿看見一種科學的解釋，竟然可以剖析愛情的本質與內容。這是平行類比的一種手法，讓愛濃縮成沙漠凝聚的一滴水，讓情人的生命化身為茁壯的仙人掌。為了愛的完成，沙漠需要彙集地層下所有的水分，來榮養一株強悍的帶刺植物。在貧困的年代，或許整個社會就是一片荒涼的沙漠。沒有愛，便失去活下去的動力。詩人面對愛情時，反而非常冷靜反觀愛與被愛的結構關係。生之欲望特別旺盛，是因為乾涸生活裡出現愛的對象。愛情，成為一種生命共同體，與生俱來，相偕俱亡。詩的背後，並非歌頌愛情的偉大，而在於強調生命的投入與獻身：

自大地之心，愛，自心底吸收
匯集、凝聚、注于一點
在這茫茫的沙漠
沙粒似紅塵，似香燼，似將揚之于海的骨灰
在這茫茫的沙漠之中
滋養，培植，一株仙人掌
以陽光雨露的結晶，以愛你的心

沙漠的意象，在詩裡再也不是平面的視覺，反而變成立體的感覺。如果沒有愛，掌上捧起的一把沙，只不過是紅塵、香燼、骨灰。這是非常強烈的反襯，極目之處，全然沒有生命的蹤跡，死亡的氣味覆蓋著整片沙漠。詩人在這龐大的孤寂世界裡，巧妙置入愛的象徵，使瀕於死亡的境地立即獲得挽救。從一株仙人掌的榮枯，可以讀出一片沙漠的生命力。「以陽光雨露的結晶，以愛你的心」，正是為了彰顯乾燥與滋潤之間的鮮明對比，也是為了測量死亡與生命之間的距離。荒廢的沙地，隱隱暗藏豐富的生機。那孤獨挺立的植物，便足以道盡一切。

詩中想像的最大轉折，出現在全詩的最後一節。愛情不再是靜止抽象的意念，而是具有行動的感情實踐：

開罷，你誘人的微啟的花
靜靜地呈現你青春的綠色罷
我將支持你，滋養你，以心底一切
陽光所曾普照的，驟雨所曾滋澤的
我將吸收，匯集，凝聚，而貫注于你
這樣的熱誠，這樣的專一，這樣的真

這首詩到達最後一節時，似乎相當完美地完成嚴密的邏輯思考。方思一直被稱為知性詩人，原因就在於他的形象思維，往往以循序漸進的方式在發展。他不同於浪漫主義詩人的熱情奔放，如鄭愁予、楊牧作品，都是屬於放射型的抒情詩。方思每當觸及情感時，愛的表現從未脫離層次感，這種風格是屬於內斂型的演出。這首詩是最典型的範例，整個想像始於廣闊沙漠裡的一株仙人掌。必須彙集沙漠底層所有的水分，才能使這孤立的植物強悍活下去。愛與被愛，暗中存在一種相互依賴的關係。沒有仙人掌，沙漠的水分便平白蒸發。沒有水分的集中灌溉，仙人掌便不足以存活。在乾涸大地上，仙人掌花終於綻放時，宣告了一種看不見的愛情默默完成。詩行之間，似乎有強烈的性暗示，從微啟的花，到驟雨的滋潤，隱隱帶著喜悅與快感。只有到達這樣的境界，愛情的熱誠，專一，與真，才具體浮現。

方思在一九五〇年代就完成三冊小小的詩集，《時間》、《夜》，都是屬於規模有限的短詩，而《豎琴與長笛》則是屬於長詩的形式。多年來，方思常常被歸類於里爾克影響下的創作者。對於這樣的評語，方思自始至終都表示抗拒。但是無可否認，他擅長使用樹的意象，隱喻著愛情、生命、意志、季節。樹的形象在他詩裡從來不是靜態的，而是一種流動的感覺。他早期的一首作品〈樹（一個神話）〉，似乎是生命態度的一種詮釋。開始的四行，便相當動人：

方思，《時間》（台北：中興文學，1953）。

當我仰觀時候
多麼遼廣的，啊，無際的青空
秋的靜從這裡悄悄飄落
降臨我身上，這裡有真正的自由

把我化身為樹，是一種主體的移位，可以反觀自己的位置。也必須像樹那樣孤高，那樣不受囚禁，才有可能仰望無邊的天空。秋天來時，清澄的空氣四面圍攏過來，無拘無束享受一片寧靜，詩人稱它為自由。樹的象徵，富有向上提升的力量。朝向太空，朝向月亮，朝向星座，朝向無拘無束的天涯。當靈魂受到羈禁時，向上掙脫的欲望更顯強烈。樹因而成為他的隱喻，成為生命嚮往的渴望。詩行中不斷出現「向上」的字眼，為的是要表達追求自由的意志。尤其他把月亮形容成為戀人時，更加可以測量內心願望的高度。詩行中他出現這樣一行：「我是樹，我不會感覺細緻的痛苦」，正好對照出人的世界是如何受到囚禁，以及隨之而來的凌遲與折磨。

時間感，是方思詩觀裡非常重要的美學。因為時間意味著歷史、記憶、生離死別，他從來不感嘆時間的蒸發或消失，卻採取旁觀的態度，注視時間的流動。他的一首短詩〈久暫〉，僅有八行，道盡生命的稍縱即逝：

誰說久暫有別
最不可言說的是
突然一個親近的人逝去
而同樣亦是，久久得不到他的訊息
星星掠過黑暗的天際，祇一閃白光
冷冷的月走着永走不完的循環
時間的觀念並不存在
我們祇知道無邊的憂鬱

同樣是感嘆時間，詩人並不輕易流露內在的情緒。時間的長久與短暫，在漫長的宇宙運行中，只不過是一瞬而已。他寧可把人的生命放在巨大的自然循環裡，把比例尺放大之後，人所占有的位置就顯得渺小。生命的存在與否，在於聲息有沒有相通。同樣活在世間的朋友，如果音信全無，便形同彼此並不存在，而時間也並不存在。茫茫大地裡，有多少生物存在於同樣的空間，如果相互取暖，時間就是長久的。如果沒有感情的維繫，時間再如何長久，也毫無意義可言。時間的久暫，只能以真摯的感情來衡量，否則只是「無邊的憂鬱」。方思又一次表現他冷靜而理性的態度，刻意從時間流動中抽離出來，變成一個他者，觀察時間的長久與短暫。

他的主題詩〈時間〉，再次反覆思索時間的意義。方思曾經翻譯過里爾克的《時間之書》（*Das Stunden-Buch*），在一定程度上，也秉持時間幻滅感的觀念。就像前面引述的詩，他非常執著於永恆的定義為何。在這首詩裡，他再次叩問：

> 永恆！　真奇怪由什麼做成
> 擁擠了所有不可思議的，荒謬可笑的
> 事件，而除了這些便是天大的一個虛空
> 我不知什麼是這個世界，範圍於空間時間的
> 一面面旗豎起，倒下，又豎起
> 告示着真理。……

這是詩人的歷史觀，看盡多少英雄的成王敗寇，也看盡朝代的興亡始終，無論掌握多大的權力，或者豎起多少輝煌的旗幟，最後都歸於虛空。而這正是詩人對時間的強烈幻滅感。權力在握時，彷彿占據一個有利位置來詮釋這個世界，並且宣稱，那就是真理。在無數朝代的循環中，有多少真理浮現，最後又在時間裡沉埋。方思在詩的最後三行，如此豁達，說出

他內心的感覺：

我凝視天際的顆顆星，歷史在這裏閃爍
真理不勞凡人擔心
冷峻的堅定，不朽在一剎那間完成

這正是他的思維邏輯，時間的長久與短暫，絕對不是藉由外在的事物或權力來決定。真理是無須說出，也無須費詞解釋，在剎那間頓悟真理，那才是真實的永恆。世俗中的欲望，貪戀，占有，凌駕，都不能到達真理。在虛空中，真正找到自己生命的意義，而且勇敢活下去，真理便伴隨而來。最能夠彰顯他的時間感，莫過於一首短詩〈給〉：

倘若每一思念，每一渴望
每一充盈苦痛的心跳都是存在
那麼，多少次短暫而永恆的經驗
我已活過
多少次的死亡，多少次的重生

你是遠赴天邊的西風
我是那鷹追趕希望
你是智慧
我是以有涯逐無涯的凡人
擲滿懷信仰的一生于真理的等待

短短十行裡，詩人第一次傳達什麼才是永恆。真理必須經過多少思念與多少渴望，它與人的生命共同存在。真正對自己的生命負責，並且燃燒它的熱量到盡頭，只有這樣真正活過，永恆才會伴隨而來。當他說：「多少次的死亡，多少次的重生」，便是指真理的具體實踐。如果沒有以行動去追求，則所謂真理就是空虛。而所謂希望，也就等同虛妄。真理必須以一生不斷地追求，人的生命是那樣短暫，而永恆是那樣長久，沒有人可以在有生之年，便能輕易企及。但也就是真正實踐了，訴諸行動去追求了，或許真理在地平線那一端才會浮現。全詩精華凝聚在詩的最後一行：「擲滿懷信仰的一生于真理的等待」，容許生命燃燒到最後一刻，真理就在那裡，他的生命因此而尊貴。如此的抒情，竟是以冷靜的思維連綴而成。稱他為知性詩人，在此便獲得精確的定義。

如果《時間》的主要意象是圍繞著樹，那麼《夜》這本詩集則出現柱的意象。樹與柱，是兩種不同的形象，前者是指時間，屬於自然（nature）的層面。後者是指空間，屬於文化（culture）的範疇。對於歷史，他帶著高度的崇敬，卻夾帶一定的蒼涼感。其中的一首詩〈長廊〉，第一次出現古代與現代的對比，混雜著時間與空間的錯落，企圖使用平面的文字來描摹立體的建築：

我是一個正經男子走着
走過這石柱投影的長廊。　這希臘的
榮耀，羅馬的偉壯。光線自層層的拱門
透過，從石與石間仰觀祇是一片深青
柏拉圖倚柱談觀念之不朽，蘇格拉底之死
那時的三顆晶瑩的星，尼羅焚城時的一道火光
我是一個正經男子走着

走過這石柱投影的長廊。　道里亞式的柱頂
灰白平整的軒緣，張眼的獅頭在上面站崗
天花板還刻出維納斯從荷花中誕生

石板上的陰影顯示不出柱身的凹痕
你是一位窈窕女郎在這裏等待

這首詩可能是方思較具企圖心的作品，以古典歷史為背景，描寫兩個現代男女的不期而遇，恰好可以對照出男女之間時間感的差異。詩中的我，嚮往希臘的榮耀，羅馬的偉壯，他所感嘆的是盛極一時的羅馬文化，竟毀於尼羅的焚城。當他自我形塑為一個正經的男子時，暗示著他對歷史一定的尊敬。但是那位女子出現時，方思以一連串的句子來形容這位女性：

你是猩紅似血的火
你是喪失馥郁喪失形態的紫羅蘭
你是風中偃臥的細草
你是斜陽返照的殘輝
你是深夜死寂的流水
你是破曉最後一顆星的四周的黯光
你是現代顏色的構圖
你正是這質樸崇高的走廊，石柱，雕飾

他從來沒有使用過如此節奏快速的句子，當這些複沓式的句型出現時，正好可以對照出古典時間的緩慢，與現代時間的加快。這正是最典型的知性演出，詩人刻意把古典美與現代美交融在一起。當他歌頌「希臘的榮耀，羅馬的偉壯」，完全訴諸於長廊與石柱的建築美感。而在這古典的神殿天花板上，他發現刻著維納斯從荷花誕生的圖像。他把冷峻的石柱與生動的維納斯對比起來，從而創造了上述的複沓式詩行。或許古典美已經遠逝，但藝術精神則栩栩如生。便是從這裡，他找到突破點，容許維納斯化身為現代女郎。於是一連串的聯想於焉展開，這位女郎是火，是紫羅蘭，是細草，是殘輝，是流水，是破曉最後一顆星。化腐朽為神奇，化靜態為動態，似乎有著浪漫主義的狂想。但是詩人立即以正經男子的姿態走過，使得可能氾濫的狂想獲得節制。而這種節制，正是方思的知性抒情。

在他的詩中受到傳誦最廣的作品，當推〈夜歌〉。詩人集中在夜與影子之間的相互辯證，夜來時黑暗就跟著過來，影子就會淹沒。但如果影子是留在詩人的心裡，即使黑夜淹蓋過來，詩人仍無法掙脫影子的綑綁。這是一首充滿旋律，節奏反覆的音樂詩。速度較快，想像不停轉換，是方思少有的一種表演：

夜性急地落下來了
你不要唱哀悼的歌

在愛情裡，黑夜具有豐富的意涵。它代表著遮蔽，可以與整個世界隔離。它也意味著私密，可以把愛情關在伸手不見五指的世界。黑夜可以是很冷，也可以是非常溫暖。當第一行開始唱出「夜性急地落下來了」，讓時間變成了動態，尤其以「性急地」來形容，正好可以顯示詩人內心的焦慮。緊接著下一行「你不要唱哀悼的歌」，顯然是指情人即將告別。夜與哀悼連結在一起，彷彿意味著一種結束的儀式。第二節，正是全詩的核心：

你祇有一個形態
卻有無數的影子
夜揉皺了山的衣裙，舒展了樹的手臂
溶和了水與霧，平勻了湖與土丘

黑暗來時，不可能製造更多影子。情人所投射的影子卻有千萬種，而且都浮現在他的內心。夜變成墨黑之際，影子反而更加清晰。對這個世界，黑暗是非常公平，它可以使所有具體的影像抹平。無論是樹，水，霧，湖，土丘，在黑暗中便毫無區別。但是，情人的影像在黑暗中更清楚彰顯出來：

夜落下來了，那麼
到夜之寂，夜之深沉，當有聲音升起
從靜之中央，那時便沒有光，沒有影子
你的形態便是我的心……

夜可以抹去這個世界，卻無法擦拭詩人的心。告別後的情人，以另外一種形式出現，已無關白天或黑夜，也無關形象或影子，因為情人就活在他的靈魂深處。在寂靜的深夜，縱然沒有光，也沒有影子，詩人卻不能不承認，「你的形態便是我的心」。這是一首悲傷的歌，只有在黑夜裡，無盡止地迴盪。愛情的崇高與卑微，都消融在黑夜裡，所以詩人最後不能不如此感嘆：

在黑暗之黑暗，寂靜之寂靜的
外界
不要唱哀悼的歌

彷彿是一首訣別詩，從此不再相見。而黑夜只是一個象徵，遮蔽了詩人的透視之眼，也掩蓋他飽滿的熱情。當情人離去，便陷入無邊的黑夜。而在黑夜深處，情人的形象竟從心裡復活。方思的這首詩，具體表現了他如何以內斂的手法，把太多悲傷的情緒過濾掉。表面是寫黑夜，骨子裡卻在彰顯影子。影子有千萬種，緊緊俘虜詩人的心。如此悲傷，如此哀悼，如此令人無法承受。這份感情，凍結於黑暗之黑暗，寂靜之寂靜。它是一九五〇年代最悲傷的一首哀歌。

本文原載《聯合文學》三五六期（二〇一四年六月）

星的語言

如果浪漫主義曾經在這座海島發生過，最早的根源可以追溯到鄭愁予。真與美的追求，生與死的耽溺，愛與愁的流動，都深深植根在他的詩行。在荒蕪而漫長的歲月裡，曾經受到鐵絲網的禁錮，語言暗處布滿了荊棘，使每個靈魂的井底都出現乾涸。閱讀柔軟的詩句，可以帶給每一口喉嚨足夠的津液。每一行詩，就是一條逃亡的通道。迂迴在文字的節奏與音色之間，仰望黑暗的夜空，如果有一顆星，傳來暗示的眼色，就可協助卸下精神的枷鎖。浪漫主義可能不是政治語言，卻充滿了抵禦的力量，把權力干涉隔絕在靈魂外邊。

鄭愁予成為一則傳說時，遠遠早於現代主義成熟之前。他的詩句之所以受到廣泛傳誦，不在於他動用了華麗詞藻，而在於他靈活運用意象與意象的巧妙銜接，使語言不至於落入腐敗的窠臼。他挽救了多少陳腔濫調的語法與句式，在山窮水盡的絕處，往往另闢蹊徑，使沉睡已久的白話文完全甦醒過來。他從來不像現代主義者，如余光中或洛夫，致力於語言的鍛鑄或重新命名。他在白話文的既有格局裡重新翻修，使張口見喉的生活語言，升格成為蜿蜒曲

鄭愁予，《夢土上》（台北：現代詩社，1955）。

折的藝術語言。他最精采的演出，都集中在早期的四冊詩集，包括《夢土上》、《窗外的女奴》、《衣缽》、《燕人行》。瘦瘦詩集所擘成的歷史重量，足夠占據往後世代的多少心靈。

傳播最廣的兩首詩〈錯誤〉與〈情婦〉，已經使他變成戰後詩史的永恆記憶。也因為這兩首詩過於流行，反而遮蔽了其他詩作的語言藝術之豐饒。試看他最早的一首詩〈雨絲〉，開頭三行也許相當平凡：

我們底戀啊，像雨絲，
在星斗與星斗間的路上，
我們底車輿是無聲的。

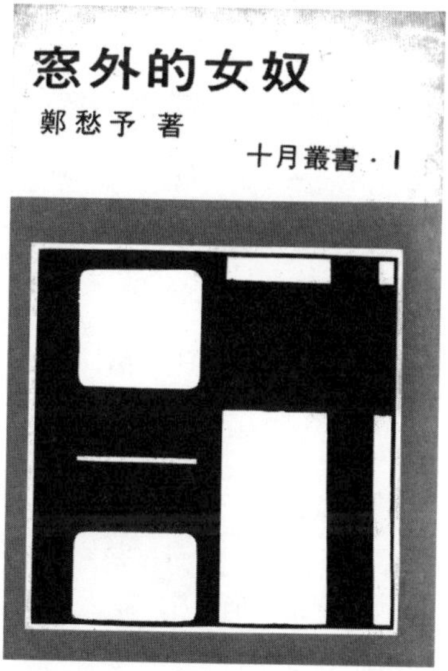

鄭愁予，《窗外的女奴》（台北：十月，1968）。

他有意把世間愛情提升到星的高度，或者說，他把戀人看得與天一樣高。這種誇飾法或許不能出奇制勝，卻能夠牽動跌宕的想像。對照他寫出的最後四行：

> 而是否淡的記憶
> 就永留於星斗之間呢？
> 如今已是摔碎的珍珠
> 流滿人世了……。

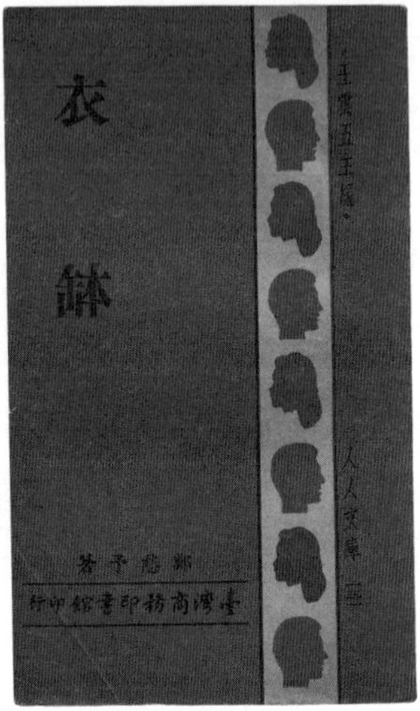

鄭愁予，《衣缽》（台北：臺灣商務，1966）。

詩的最初與最後，緊繃著強大的張力。滿天星斗隱喻著世間愛情，隨時會發生幻滅，而感情內涵卻是不滅的暗示，一如雨絲灑滿人間，滋潤乾旱的土的。完成於一九五〇年的這首詩，容許後人窺見他最初飽滿的想像。星與珍珠的相互隱喻，可能停留於平面，但詩題是〈雨絲〉，正好破壞了兩者之間的平衡關係，使靜態轉化為動態，整首詩便立體站起來。星，意味著透明而晶瑩，以及它無限的高度；而這個意象，恰好可以定義鄭愁予的語言特質。

他很快就成為傳說，完全得力於他所創造的不朽詩句，傳達著驚豔而悸動的信息，非常高明而又貼近心靈。久久停駐在讀者的魂魄底層，產生巨大迴響。在〈偈〉的詩裡，他自稱是宇宙的遊子，展現出來的氣勢令人動容：

這土地我一方來，
將八方離去。

那是當時情境的反射，概括了整個漂泊世代的精神面貌。他們擁有一個固定的故鄉，卻永遠回不去。未來的出路，則有萬種可能，是那樣游移不定，又是那樣無可捉摸。八方離去，是每個生命的不同結局。茫茫未知，竟是共同的命運。當他寫下另一首〈定〉，內心又是何等悽愴：

我將使時間在我的生命裏退役，
對諸神或是對魔鬼我將宣佈和平了。

鄭愁予，《燕人行》（台北：洪範，1980）。

讓眼之劍光徐徐入韜，
對星天，或是對海，對一往的恨事兒，我瞑目。
宇宙也遺忘我，遺去一切，靜靜地，
我更長於永恆，小於一粒微塵。

時間如何在生命裡退役？除非他沒有過去，也沒有未來，只剩當下的空間。精確地說，他沒有回首懷念，也沒有往前期待，全神凝固在眼前一瞬。這精確描摹了當時心理結構的真實狀態，既絕情又絕望，以致對星，對海，對從前的恨事，都可全盤放下。寧願被宇宙遺忘，或是他遺忘於天地之間，僅剩下超然的存在。他可以使靈魂膨脹或縮小，可以確切掌控自我。當他伸展，長於永恆；當他萎縮，小於微塵。整首詩只有六行，面對夜空，竟是氣象萬千，面對時間，更是吐納自如。詩題〈定〉，似乎暗示了一種自我定義與歷史定位，它所散發出來的意義，簡直可以涵蓋整個世代的心情。

身為浪漫主義者，詩人在動情之際，未嘗忘記藉由大自然的力量，來擴充個人世界的格局。他偏愛運用星的意象，以替代感情的傳遞。也常常驅遣陽光、雲霧、風雨，隱喻著別離、感傷與祝福，造成動天地、泣鬼神的戲劇效果。傳誦已久的經典作品〈賦別〉，尤為其中翹楚：

這次我離開你，是風，是雨，是夜晚；
你笑了笑，我擺一擺手
一條寂寞的路便展向兩頭了。

如果第一行改成：「這次我離開你，是在風雨的夜晚」，其中的節奏、象徵必然頓失。告別的手勢裡，是風，是雨，是夜晚，切開成為三種意象，不但舒緩了速度，也強化了離緒的張力。抒情技藝的完成，不可能純粹依賴文字的營造，還需要更進一步訴諸音樂的節奏感。詩人運用延宕的技巧，刻意讓簡單的意象受到拆解，從而產生遲緩與繁複的錯覺。為什麼是寂寞？又回到第一行的意象：是風，是雨，是夜晚。借用外在的情境，形塑詩人內在的心境，構成了相互感發的力量。

白話文是一種極為鬆懈的生活語言，本身並不存在任何詩意。如何在語法上釀造曲折的想像，終而提煉成詩，便有賴詩人點石成金的手來完成。〈殘堡〉是屬於歷史想像的詩，鄭愁予再次展現他上乘的拆解手法，使平庸的句式發生藝術效果：

趁月色，我傳下悲戚的「將軍令」
自琴弦……

站在百年前英雄繫馬的地方，不免湧起悲涼的愁緒。想像中，詩人彷彿沉湎荒蕪夢境裡。這兩行寫成倒裝句，頗像英文語法，卻使軟弱的白話文變得生動有力。如果寫成「我自琴弦傳下悲戚的將軍令」，完全彰顯不出懸疑的效果。詩人刻意動了手腳，第一句寫出「趁月色」，造成一種時機緊迫感。在那短暫的時刻，他下了一道命令給將軍。跨到下一行，卻變成是琴弦上的一闋樂譜。白話文可能是鬆弛無力，如果它停留在我手寫我口的階段。台灣現代詩運動者，早在一九五〇年代便投入語言的整頓工作，鄭愁予是其中的先驅。當他寫出動人的詩句，已開始為綿延的台灣抒情傳統奠下基石。

抒情詩的營造，或許不僅僅是依賴語言的節奏而已，還需要藉由平面文字釀造立體的聯想。鄭愁予對於速度的控制，已臻於出神入化的境界。他的詩不宜靜讀或默念，詩行在漫步時，總會引誘讀者朗誦出來。〈天窗〉這首詩，營造了一個縱深的空間，使讀者也情不自禁縱身其間：

每夜，星子們都來我的屋瓦上汲水
我在井底仰臥著，好深的井啊。

星羅棋布的夜空，俯視天窗時，恰好構成觀察的仰角。詩人把天窗轉化成一口深井時，整首詩的意象立即活潑起來。如果把星辰作為感情投射的對象，夜空與人之間，就形成一種辯證關係。究竟是星子來汲水，或人從星光獲得滋潤，正是這首詩最強而有力的暗示。星的語言，是他早期詩作中不可忽視的關鍵詞。星所放射出來的象徵，不僅涉及四季的運行，也牽動了情感的起伏。四季的運行，似乎也照映了人的感情之開落。星子不可能固定住在天窗之上，必須到了春季時，才移動到詩人的上空。當他仰望閃爍的星辰，不禁也打開他心靈的鎖。

來到天窗的星子，似乎也是前來預告季節的變化。星斗轉移，也暗示了人間心境變化的暗示。詩人坐在井底，承受難以抵禦的冰雪冬季。當他寫出這樣的詩句，已經譜出台灣詩史上相當經典的語式：

自從有了天窗
　就像親手揭開覆身的冰雪
　　——我是北地忍不住的春天

以「忍不住」自況時，非常準確地概括內心那種期待的迫切。春天，是屬於客觀的節氣，卻被挪用來形容詩人本身，靜態的節氣立即生動起來。這種嫁接，使得平面的白話文活潑起來。「我是北地忍不住的春天」，對照出冰天雪地的崩解，再也鎖不住壓抑已久的欲望。季節不可能有任何情緒波動，必須代換成為「我」時，使不可能發生的終於發生。以化腐朽為神奇的手法，是挽救白話文頹勢的關鍵祕訣。鄭愁予嘗試運用斷句、倒裝、代換的技巧，使詩的意象產生象徵、歧義的效果。對於語言變革的警覺，在荒蕪的一九五〇年代逐漸形成風氣。同時期的瘂弦、余光中、洛夫、白萩、林泠、方思，都不約而同致力於白話文的改造運動。那種盛況，導致一九六〇年代現代主義運動的精采演出。沒有經過這個階段，就不可能到達抒情傳統的建立。

文字的運用，在鄭愁予手上不斷有新鮮的技巧出現。〈右邊的人〉這首詩的前兩行，詩人大膽把名詞轉化為動詞：

月光流著，已秋了，已秋得很久很久了
乳的河上，正凝為長又長的寒街

秋天是靜態的節氣，在詩裡變成動詞使用。同樣的，月光變成流動時，使觸摸不到的時間，變成具體可觸。因為是流動的月光，所以就帶出「乳的河上」這樣的意象，使整個夜景生動起來。當他描寫乳的河流時，又立即跳接成「正凝為長又長的寒街」，可以讓讀者清楚發現詩人的巧妙想像。當名詞變成動詞，當動態又變成靜態，在在顯示詩人構思之際的瞬息萬變。類似的文字改造，也可以在下面兩首詩作發現：

誰讓你我相逢
請相逢於這小小的水巷如兩條魚
——〈水巷〉

與一艘郵輪同裸於熱帶的海灣
那鋼鐵動物的好看的肌膚
被春天刺了些綠色的紋身
——〈裸的先知〉

當小小的巷子變成一條流水，當兩個相逢的男女變成兩條魚，當一艘郵輪變成鋼鐵動物的好看肌膚，便可以看出詩人想像的躍動。當他專注於意象的形塑，讀者已經不可能扮演瀏覽的角色，而是必須參與詩人的想像。一首詩的完成，不可能只依賴詩人單方面的努力，需要讀者也同樣注入想像，才能達到感應的效果。激盪於讀者內心的構圖，再也不是停留於美文的欣賞，而是在詩行之間開發更多的聯想。抒情的感發效果，才得以完成。

詩人的浪漫精神，往往表現在對死亡的無懼與嚮往。早期詩作中，不時浮現死的意象，那是一個時代的共同感覺。當他們擁有一個回不去的故鄉，當他們瞭望一個沒有出口的未來，內心的絕望是何等強烈而悲涼。勇於對死的擁抱，似乎也反襯出對生的欲望。浪漫主義並非只是表達熱情，在靈魂底層，仍然保留一塊安詳的角落，容納冷靜的情感。他的〈清明〉，寫出他對死的豁達。在飛幡的季節裡，死者接受膜拜，接受悼念，再也不可能引起悲痛的情緒。正如他的詩說：

我已回歸，我本是仰臥的青山一列

他回歸的不再是故鄉，而是青山。當他覺悟人間到處有青山，顯然已超脫對死的恐懼，也超脫對返鄉的絕望。流浪與漂泊，是已經鑄成的命運，望故鄉之日遠，確實是無法改變。如果詩行是寫「我本是青山一列」，似乎還不能彰顯內心的從容，當他加入「仰臥」一詞，開朗的心情便呈現出來。

同樣是寫死亡，詩人想像自己已經成為幽靈，而且與他的戰伴被供奉在野寺裡。他所寫的〈唇骨塔〉，暗暗帶著嘲弄，也夾帶一些幽默感：

啊，我的成了年的兒子竟是今日的遊客呢
他穿著染了色的我的舊軍衣，他指點著
與學科學的女友爭論一撮骨灰在夜間能燃燒多久

在那封鎖的政治環境裡，可以用敘事詩的形式來沖淡死的氣味，顯然有他更高的哲學思維。父親可能是陣亡的軍人，隱喻著一個曾經離亂的時代。到了兒子的世代，已經擁有不同的歷史記憶，許多悲傷的淚水早已拭乾，死亡已經撤退到非常遙遠的背景。兒子帶著女友來祭拜父親，似乎對歷史還維持著一定的敬意。兒子的衣著，是父親舊軍衣染過色的，意味著兩代之間還有密切的聯繫。詩的最後一行，使整首詩顯得更為傳神。兒子與女友爭論，「骨灰在夜間能燃燒多久」，並不表示對父親不敬，反而可以襯托死亡是多麼親近，也暗示著兩代的親情，還是那樣密切。兒子已經把悲傷放下，明明知道父親的幽靈仍在四周徘徊，卻好像話家常那樣，事不關己，但是那話題卻又與逝者緊緊連結起來。沒有經過那個時代，便很難體會這首詩的微言大義。縱然把時代背景拿掉，這首詩散發出來的寬容開朗，歷歷可見。

〈小站之站〉可能是詩人作品中，最令人感到惆悵的一首。曾經有過流亡經驗的人，每當捧讀這首詩時，心底升起的一股愁緒，便久久揮之不去。生命中有太多的偶然，卻也有太多的命定，那不是任何個人可以輕易安排。久別重逢是親情、愛情、友情最難得的時刻，但是所有的重逢，有幸也有不幸。有些相見是求之不得，有些相見是不如不見。尤其在時代洪流沖刷之下，許多生命如果不是失蹤，便是滅頂。重逢的憧憬，是那個時代的特殊情調，卻很少人訴諸於詩行。鄭愁予所記錄的重逢，幾乎是一場悲喜劇的演出，無奈的情緒溢於詩行之外。

他把場景設定在清晨的一個小小車站，北上南下的列車，偶然停留於不知名的小站。如果有人啟開了車窗的百葉扉，卻看到外面平行的窗口，坐著久已未見的朋友。那種驚喜或許沒有恰當的文字來描摹：

兩列車相遇於一小站，是夜央後四時
兩列車的兩列小窗有許多是對著的
偶有人落下百葉扉，辨不出這是哪一個所在
這是一個小站……

會不會有兩個人同落小窗相對

啊，竟是久違的同志
在同向黎明而反向的路上碰到了
但是，風雨隔絕的十二月，臘末的夜寒深重
而且，這年代一如旅人的夢是無驚喜的

這是相當精練的敘事詩，是最短的一幕戲劇，卻把龐大時代的共同願望，濃縮在乾淨利落的詩句裡。命運非常捉弄人，被時代悲劇沖散的兩位朋友，明明已經重逢，卻只容許發生於剎那片刻。還來不及噓寒問暖，兩輛列車卻又啟動。這可能是一九五〇年代最悲傷的一首詩，那種精神上的打擊，並非是死亡，也不是拋棄，而是重逢時硬生生被拉開。詩人說，「這年代一如旅人的夢是無驚喜的」。動亂時代的夢，絕對不可能只發生在一個人身上。這樣的夢，稍縱即逝。那個年代早已過去，但是精神上留下的缺口，即使到今天也無法彌合。重逢是喜劇，別離是悲劇。詩人所釀造出來的悲傷，至今還是不能拭去。

星的語言，可以概括鄭愁予抒情詩的特質。因為他早年創作時，偏愛使用星的意象。晶瑩，明亮，高超，乾淨，貫穿了他的抒情詩行。後來詩人改變詩風，特別是出國之後，顯現知性的偏向，或者是知識性的演出，全然不同於早期的精心營造。身為台灣抒情傳統的奠基者，到今天仍然受到傳誦，必然在語言上有動人迷人之處。他的傳說，已經構成詩史無可磨滅的記憶。

本文原載《聯合文學》三五五期（二〇一四年五月）

愛的萌芽及其延伸

遙遠的蒼白年代，似乎寸草不生。如果用一九五〇年代盛行的一句話來形容，那時的台灣就是文化沙漠。一望無際的荒地上，終究還是抽出幾株綠色的芽。那是林泠詩中四方城的時代，所有的靈魂都被禁錮，所有的精神都沒有出口。四方城大約是隱喻台北的東門、西門、南門、北門，城池裡囚住了荒涼歲月。就在那樣貧瘠的時間裡，林泠孵出無數令人懷念的詩句。穿梭在她的詩行之間，蒼白、荒涼似乎都退為很遠的背景，彰顯出來的，是一個少女猶疑不決、閃爍不定的心。

那是一個不確定的年代，所有的事物還未得到確切定義，而前景也是那樣遙遠而模糊。如此可疑的地帶，為了避免心靈的枯萎，詩人都急切地在尋找精神出口。面對一個龐大的封閉環境，甚至面對一個巍峨的政治權力，所有的文學形式彷彿穿制服那般，一樣的色調，一樣的聲調，一樣的格調，凌駕在創作者的思維之上。正是受制於如此的精神枷鎖，詩人在自己的體內忙著扣問，試探是否有可能的途徑，連結到另外一個夢土。夢境，看來是那樣虛幻，是那樣不切實際，卻是高牆外一個永恆的嚮往。因為嚮往，抒情才成為可能，以柔軟的心，真摯的情，緩慢的節奏，詩人才有可能慢慢逸出無形的鐵絲網之外。所謂鐵絲網，就是無所不在的黨性，監禁著所有的夢想家。夢，才是人性寄託的所在。以人性回應黨性，竟是台灣抒情傳統的根源。

身為早期的抒情詩人，林泠在少女時期，對於情就已經擁有強大的執著。當她沉浸在情的思索裡，便足以融化政治環境的僵冷。完成或未完成，到達或未到達，愛情的地平線，永恆地引誘她持續追求與再追求。那種嚮往，幾近不朽。她鏤刻成為詩句時，就已經成為那個時代永恆的印記。如今回首時，我們無法相信，她竟釀造了如此精緻的詩行，不僅禁得起時間淘洗，還升格成為今日的經典。捧讀《林泠詩集》之際，忍不住要問：她的抒情如何成為可能？她在一九五六年所寫的〈阡陌〉，到今天仍然在年輕的心靈之間傳遞。阡陌，意味著農田以縱橫的方向延伸張開。而縱橫的觀念，在詩裡強烈暗示著兩個人交錯而過。一個是垂直而降，一個是橫切而過，從來沒有人把兩個人的相遇，形容得這麼龐大：

> 你是縱的，我是橫的
> 你我平分了天體的四個方位

感情的力量到底有多大？兩個心靈各據自己的方位，簡直是天南地北，毫不相干。但是，在內心深處萌發某種感情時，彷彿是牽動了整個宇宙的方位。當兩人迎面而來，彷彿勢均力敵，詩人卻說「你我

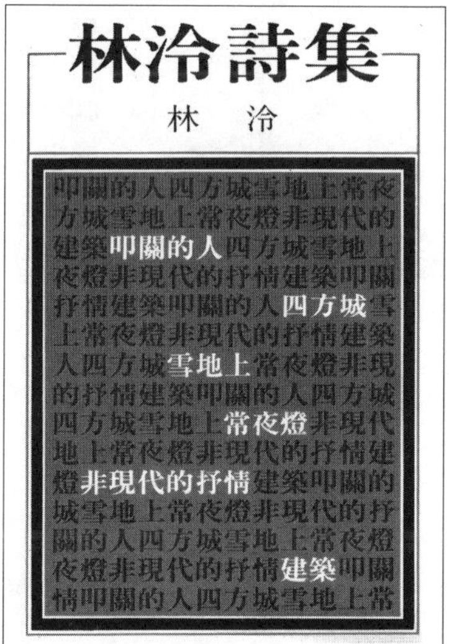

林泠，《林泠詩集》（台北：洪範，2000）。

平分了天體的四個方位」。當小情小愛啟動時，整個心靈也跟著起了震動，這已經不是兩個人的事情，卻已經使生命的方位產生大移動。愛情的重量是如何難以承受，那已經不是個人的心靈可以容納，而必須邀請無限的天地來共同承擔。這種驚天動地的聯想，在她的詩裡看來是如此尋常，又如此不可思議。

詩的氣勢與格局布置好之後，林泠才優閒地進入事件的現場，她說得那樣不經意，其實是非常在意的：

> 我們從來的地方來，打這兒經過
> 相遇。我們畢竟相遇
> 在這兒，四周是注滿了水的田隴

雙方都來自既有的方位，好像是命中注定，安排兩人畢竟相遇。第三行頗具畫龍點睛之效，「水的田隴」既是具體的地點，也是抽象的阡陌。當時台大校園四周都是水田，這首詩已經強烈暗示真實的事件所在，但是又立刻抽離出來。這種文字力道，簡直可以比擬張愛玲所寫的散文〈愛〉：「於千萬人之中遇見你所遇見的人，於千萬年之中，時間的無涯的荒野裡，沒有早一步，也沒有晚一步，剛巧趕上了。」但是，張愛玲寫的是結論，而林泠則暗示著這是一種開放的結局（open ending），不知道後來發生了什麼：

有一隻鷺鷥停落，悄悄小立
而我們寧靜地寒暄，道著再見
以沉默相約，攀過那遠遠的兩個山頭遙望

詩人勇於嘗試文字的切斷與跳接，把整個場景移鏡到水田上的鷺鷥。沒有任何情感牽扯的禽類，出現在鏡頭時，似乎使前面詩行緊繃的張力鬆弛下來。她有意把無法解釋的感情持續延宕下去，不要輕易揭露內心真正的意向。這種刻意製造愉悅的推延（delay of pleasure），使讀者處在進退失據的狀態。兩人的寒暄到底有多寧靜，可以從鷺鷥不受驚動的姿態推知。詩行裡的「道著再見」，具有雙重意義，既是指鷺鷥飛走，也是指相遇的兩人告別。兩人以沉默相約時，也是鷺鷥飛越遠遠的兩個山頭之際。這裡充滿著多少內心的獨白，也充滿著沉默的對話。林泠再次使用大膽的跳接，單獨使用一行文字表現出來：

（——一片純白的羽毛輕輕落下來——）

飛走的鷺鷥，朝著遠遠的兩個山頭而去，也落下一片純白羽毛。兩人道別時，是不是各自在內心也輕輕落下羽毛呢？那是一種心跡的暗示，也或許是一種無言的惆悵吧。必須經過這樣的轉移，詩人才在最後表達她的憧憬與期待：

當一片羽毛落下，啊，那時
我們都希望——假如幸福也像一隻白鳥——
它曾悄悄下落。是的，我們希望
縱然它是長著翅膀……

不想分開卻終於道別，想要說出卻終於沉默，正是這首詩所暗藏的無窮嚮往。那片羽毛，是幸福的隱喻，就像鷺鷥在他們身邊悄悄小立，是那樣短暫，也那樣永恆。「我們都希望」，正好透露兩人的共同願望，但是都沒有說出口。幸福來了，一如那隻白鳥，又立刻飛走。幸福是帶著翅膀的，想要留住卻終於留不住。如果這就是答案，詩人告訴我們，兩人的分手有多巨大，承受的惆悵就有多沉重。回到這首詩的開頭，兩個人選擇的方向，一個是縱的，一個是橫的，交錯而過。他們四面而來，八方而去，正好印證「你我平分了天體的四個方位」。好像是一首循環詩，終而復始，道盡人間的多少別離。〈阡陌〉升格為抒情詩的經典，並不在於它動用多少藝術想像，也不在於運用多少文字技巧。林泠使用的意象，極其乾淨而乾脆，竟使一場邂逅拉出時間與空間的縱深，使人低迴不已。

在那荒煙的年代，能夠留下的記憶其實並不多。那時的年輕心靈，遭遇到太多問題，卻永遠找不到答案。就像一把鑰匙，找不到恰當的門可以開啟，終究命定地被鎖在特定的空間裡。如何飛越那狹隘的囚牢，正是抒情詩尋找出口的重要企圖。柔軟的文字，可以膨脹成為巨大力量，也可以縮小成為細緻的感情。在極大與極小之間，活潑的想像，可以不時流動著，使生命終於不致枯萎。林泠踞守在自己的內心世界，對情感的抑揚頓挫，幾乎可以說瞭若指掌。當她寫下〈菩提樹〉，恰恰就是在描述她的期待與落空：

是我使它蒼老的，那株菩提。
我刻上十字，要自己記住
每一個，是一次回顧。

對於時間特別敏感的詩人，在樹幹上劃出十字，意味著刻骨銘心的記憶。每一個刻痕，都寓有期待的意味。時間的消逝，不能不催人蒼老，林泠有意把自己變成時間的化身，她把這樣的蒼老轉嫁給菩提樹。時間可以化為烏有，但記憶並不。每一個十字，代表著一個事件，一次感覺，一種情緒，銜接起來就是生命的過程。菩提樹等於是她願望的寄託，或竟是第二節的最後四行所說：

一切都向後退卻，哎，
這兒的空曠展得多大呀，
它們都害怕我，
說我孤獨。

時間不斷向後退時，可以感知消逝的生命留下多大空曠。在這裡，林泠又一次展現抒情的技巧。詩行之間，暗示著自己一事無成，或感情從未完成。樹幹上的十字刻痕，都在證明她有那麼多的未完成，以致形成可怕的空曠，與可怕的孤獨。明明是詩人自己害怕孤獨，她卻把主詞與受詞對換，變成菩提樹害怕她的孤獨。這種手法，無疑是企圖從濫情中拯救出來，把內心的感覺轉嫁給客觀的事物。當主體的感覺移植到客體，不知不覺間，顯然產生一種淨化作用，使陳腔濫調的情緒獲得昇華。詩人持續推移主客之間的情感辯證之際，她再度發揮旺盛的想像，使自己與菩提樹融合為一：

我慢慢向菩提樹走近。
那蔭影已被黑暗撤去了
我背倚樹身站立，感覺地一般的堅實和力。

高大的菩提樹，在陽光下投射長長的蔭影，彷彿是生命裡揮之不去的憂鬱。然而，夜色降臨時，黑暗反而全面覆蓋了樹的蔭影，從而也擦拭了蓄積於內心的愁緒。詩人在這裡完成一個漂亮的翻轉，樹的陰影被黑暗撤走時，才真實感受土地的堅實和力量。在樹幹刻下十字的印記，徒然留住孤獨空虛的靈魂。站在黑暗深處，她更清楚看見自己所占據的位置。記憶是後退的時間，土地才是堅實的空間，在這種強烈對比之下，詩人有了鮮明的頓悟：

我在想，該怎樣結束一個期待呢？
我抽出刀，閉上眼睛，徐徐刮去那些十字……

果決地抽刀斷念，把空想的期待全部捨去，毅然把凌遲般的感情事件做一個了斷。菩提樹是我，我是菩提樹，這裡出現「刀」的意象，使整首詩產生銳利的聯想。畢竟那些樹幹上的刻痕，負載著太多過去痛苦的記憶。如果那記憶是如何心如刀割，唯一能夠回報的行動，莫非也只能還之以刀？然而，詩人以徐徐刮去的舉止，卻竟有萬般溫柔。對於記憶的忘卻與退卻，仍然還是有某種眷戀，但必須動之以刀，又是多麼勇於割捨。林泠選取字詞之際，似乎也考慮如何在詩行裡夾帶暗示與象徵的效用。她做到了，而且是那樣精確而飽滿。

刀的意象，也出現在另一首詩〈雪地上〉，寫得最為纏綿而悠遠。敘述一段消失的感情，已經被男方徹底遺忘，而女性則被埋葬在雪地，仍然無法忘懷生前的曾經有過的愛。第一節的六行，讀來頗為辛酸：

我靜靜仰臥著，在雪地上。
雪地上
那皚皚的銀色是戀的白骨。
你悠悠地踱蹀，踱蝶；
我已熟睡了。我以為
南半球的風信子還在流浪。

死者與未亡者的愛情，早已冰封在雪地。以「戀的白骨」來形容已經消失的愛情，足以推想那事件是多麼傷害，多麼無法收拾。雪地與白骨，兩個毫不相干的意象銜接起來，突兀而跌宕，死亡氣息撲鼻而來。當戀愛變成白骨，全然不能挽回，只剩下靜靜仰臥、熟睡的她。詩中那位男子，卻還在漫遊，好像是南半球的風信子，早已遺忘曾經有過的戀情。回望前塵，一片冰涼。詩的第三節，詩人是那樣溫婉寬宏，強烈對照出那位絕情男子所帶來的傷害：

你喜愛踐踏麼？哦，是的
想起在高處，因你滑過而留下水痕
我有毀傷的愉悅，
倘使你帶著長銹的冰刀來到。

我是甚麼啊——
我是泥土，我是溶化的水珠。

在愛裡，曾經發生踐踏與傷害，如今都已經成為刻骨銘心的記憶。詩中並置「毀傷的愉悅」以及「帶著長銹的冰刀」，對比出兩人感情的落差有多大。冰刀可能只是剎那間劃過，毀傷卻是永恆存在。縱然這是不對等的愛情，詩人卻能夠使用最乾淨而簡潔的手法，把自己過渡到另外一個心理層次，而得到解脫。當她追問自己是什麼時，她揭開謎底：「我是泥土，我是溶化的水珠」，抒情在這個地方立即得到昇華，因為是泥土，所以非常博大；因為是水珠，所以脫離冰封的雪地。她的豁達，竟有如此。

林泠在一九八一年完成〈非現代的抒情〉，似乎是要釐清現代主義者與抒情傳統之間的界線。台灣一九六〇年代的文學運動裡，盛傳著一則謠言：凡屬現代，就必須傾向知性，也就是在詩行之間盡量避開情緒的散發。顯然這首詩在於回應這樣的謠言：

我記得，在那兒
牲牷是不祭的，在曠野
錦帛是不書的，在星空
血
是不歃的——
誓言，要用骨骸來寫
而彈了骨的現代主義者
是不欲，也不能
抒情的

詩中說「在那兒」，指的就是台灣，她所自稱「原始的土壤」。內容顯然在反諷現代詩人對抒情避之唯恐不及，可以絕情到不祭牲牷、不書錦帛的地步。這些隱喻無非是在強調：人的卑微，情之可貴。如果完全抹殺情的功能，就像人之去掉血肉，只剩骨骸在寫詩。林泠有意為自己與抒情詩人辯護，即使是冰涼的現代主義，應該也可以注入節奏，和音，激動，使這世界益形有情。她回顧自己的早年創作，一直掙扎著知性與感性之間的拉扯。以一首詩反省寫詩的歷程，在現代詩人行列裡頗為罕見。那種內在的對話與對峙，躍然浮動於詩行中：

在那兒，每夜，我提審
一些遠古的激情
而思量着
它們的釋放——
或是處決：最終的
不再赦緩的
處決。……若是能找到
一個濱河的刑場
在來春，驚蟄後的

第一個麗日
凌遲。

其中使用的暗示或隱喻，不僅呼應她的時代，也影射自己創作時面臨的抉擇。抒情與現代，原就是並行不悖。但在一九五〇年代的台灣，卻是在兩者之間切割非常分明。感情究竟是要釋放或處決，正是抒情詩的困境。濱河的刑場，暗示當時白色恐怖的政治犯，送往河邊馬場町處決的情況。暗示當時詩壇對於抒情的警戒，許多內心感情被迫消亡，以維持知性的純度。詩行充滿著提審，釋放，處決，赦緩，刑場，凌遲的字眼，恍若身處一個荒煙時代。動用那麼多嚴刑峻法的意象，無非在於彰顯詩人自己對抒情的堅持。

林泠的詩藝成就，容納在瘦瘦的兩冊詩集《林泠詩集》（一九八二）與《在植

林泠，《在植物與幽靈之間》（台北：洪範，2002）。

物與幽靈之間》（二〇〇三）。詩作數量有限，但是散發出來的能量卻無窮無盡。她的詩風，或多或少也點撥了青年楊牧。正如楊牧在〈林泠的詩〉所概括：「當她在創造『私我神話』的時候，帶點隱約朦朧的色彩，但絕不晦澀，因為這些詩是真摯率性的流露。」她面對一個倉皇的時代，精神出口都被封閉在白色雪地深處，縱然只是創造有限的詩作，但從遙遠傳來的細微聲音，竟溫暖了多少枯萎的心靈，到今天仍然還持續傳誦著。愛的萌芽，不經意綻放在幽暗年代，卻已經延伸了好幾個世代。

本文原載《聯合文學》三五四期（二〇一四年四月）

漂泊與抒情

放逐（émigré）有兩種，一是屬於空間，一是屬於時間。從自己的故鄉或國家出走，遠去他鄉，離群索居，在心靈上陷於絕對孤高。而時間的放逐，則是生命被驅趕到年老狀態，遙望青春年華的遠逝，有著莫名悲傷。地理上的漂泊感，在一定程度上，等於是精神上的流亡（mental exile）。遠離故土的命運，往往是受到政治權力的支配，內心含有無限悲愴。但是，有些流亡並非來自被迫，而是出自主觀意願，選擇自我流亡（self exile）。無論是放逐或流亡，常常改變了個人的生命軌跡，進入某種程度的辯證思維。當生命從固定環境抽離出來，彷彿找到一個疏離的位置重新回望。從他鄉眺望故鄉，好像是在觀察前生。許多感情雜質獲得過濾之後，可以更清楚辨識曾經有過的生命經驗。

一九九六年移民加拿大的洛夫，就是出於自我流亡的抉擇。歷經抗日戰爭，國共內戰，金門砲戰，越南戰爭的詩人，年屆七十之際遠走北美。四年後，跨入新世紀之初，他完成三千行的長詩《漂木》。置放在現代詩人行列中，這部作品的誕生，可謂奇蹟。老之將至的黃昏，詩人決

洛夫，《漂木》（台北：聯合文學，2001，初版）。

心離家出走，必然有其微言大義。

全詩始於一塊漂流的木頭，卻帶出累積一生的記憶與感覺。詩人化身為浮游的流木，隨著時間漂泊，試探不同階段的水溫，也不斷回望。漸行漸遠，記憶反而越清晰。與最初的故土距離益加遙遠，他更看清自己的命運脈絡。因為他已經從熟悉的環境脫離出來，站在一個更高的位置瞭望整個生命，任何的巨浪與微波已經可以辨識得相當明白。

《漂木》可以說集合了洛夫畢生的創作精華，經過各種歷程的試煉，終於鑄成龐沛博大的作品。因為是晚期之作，早年曾經穿越的失敗經驗，他已經懂得如何避開；曾經完成過的傑出詩行，他也知道如何在那基礎上再度開出新的格局。他所有的詩藝技巧，無論稱之為超現實或是純粹經驗，都可以在這首詩裡發現。如果把這首詩視為他全部生命的精華，亦不為過。從前的論者，常常把他置放在現代主義運動的系譜裡，卻輕易忘記他詩行中具有豐富飽滿的感情。因此，在討論台灣抒情傳統時，洛夫總是受到遺忘。

洛夫，《漂木》（台北：聯合文學，2004，二版）。

抒情是什麼？那是渺小的人類對萬事萬物產生的感發。面對節氣，景象，命運，遭遇的各種狀況，終而無法壓抑內心的情感，遂訴諸一定的平面文學形式，方能歇止。台灣現代詩流變中，如果有所謂的抒情傳統，我們很容易就會發現，洛夫往往被排除在這個行列之外。長期出現於種種爭論裡的洛夫，唯一對他沒有爭辯的是，他是公認的「超現實主義者」，也是被定位為最為晦澀的詩人。他受到最高的尊崇，莫過於「詩魔」這頂封號。彷彿他詩學的最大成就，從來就擅長於鍛鑄文字的魔術技藝。但是，外在的名號與帽子，不免遮蔽了他真實的藝術精神。尤其是他早年的長詩作品《石室之死亡》，為他贏回一個超現實主義的尊稱之後，從此他便被釘在那裡。

洛夫，《漂木》（台北：聯合文學，2014，三版）。

長詩的營造，可以顯現一位詩人對藝術結構的掌握。五十行之內的行數，大約是對台灣詩人創作考驗的極限。只要超過五十行，常常使創作者開始出現不穩的跡象。若是超過百行，那就很容易失控。在台灣詩史上，以百行長詩展現氣象而又使人難忘者，真的是屈指可數。余光中的《敲打樂》，楊牧的〈林沖夜奔〉，瘂弦的《深淵》，洛夫的《石室之死亡》，大約可以並駕齊驅。在這些詩人中，洛夫的長詩經營，尤為翹楚。進入中年後期，還能夠從事長詩的創作，並且維持氣勢不衰者，恐怕只剩下洛夫一人而已。

二十一世紀之初的《漂木》，使台灣的抒情傳統又更上層樓。穿越詩行之間，可以感受他悲愴、傷痛、激情、挫折、失望等種種情緒。全詩共分四章，包括第一章「漂木」，第二章「鮭．垂死的逼視」，第三章「浮瓶中的書札」，第四章「向廢墟致敬」。雖然是屬於長詩，但從結構來看卻是組詩，由四種不同的組曲擘造而成。每一章的命名，都可以彰顯遠離故土的心境。如果稱之為悲愴交響曲，也是恰如其分。從內容看，第一章屬於自述，第二章描述加拿大的環境，第三章是他與過去的生命對話，第四章則是對自己已逝過去的獨白。一位漂泊者，站在七十歲的時間峰頂，俯望曾經發生的一切，內心感情的湧動當可想像。當他必須藉用氣象磅礡的格局，來容納自己複雜曲折的歷史，一定有他所不能不言者。閱讀之際，也不能不隨著詩人情緒的起伏而感受到靈魂震盪。

如果這是交響曲，第一章顯然就是定音之作。詩人以漂木自喻，顯然已被沖刷到非常偏遠的地方。當他說：

這裡不聞鐘聲
風雨是唯一的語言

鐘聲暗示的是祥和心境，風雨則是不安的外在怒濤。為什麼必須離開鐘聲，而投向風雨？這正是他暗藏的微言大義。遠隔海洋，他瞭望著兩個故鄉，一個是大陸中國，一個是海島台灣，都曾經是養他育他的母土。如今他決心把自己放逐到荒遠的土地，表明這是流亡生涯的起點。他離開台灣那年，正是民選總統誕生的時候。無論是兩國論的主張，或是國會的拳頭，都不再是他的認同。政治激情與悲情，使他無法安身立命。其中有兩行最能暗示他的感覺：

（補網的人和漏網的魚
同一命運，各自表述）

詩人可能就是那尾漏網之魚，終於像漂木那樣隨波逐流。眺望更遠的中國，他的失落變得更加深沉，他用這樣的詩行形容文革的災難：

十年冰雪
一旦解凍小河便一絲不掛
閃著細腰
落花流水送來一群母魚

洛夫仍然保持年輕時期的那種俏皮與反諷，以最簡潔的字句形容巨大的禍亂。所謂一絲不掛，其實是一無所有。所謂一群母魚，其實是暗喻資本主義。他每次出手鑄造的意象，總是聳動聽聞；先是令人錯愕，卻又可以接受。全詩的第一章，無非是謊言已經高過真理，彷彿畢生的追求，終歸落空。孕育他的兩個母土，最後成為他的夢魘。帶給他生命最大的傷害，竟然不是抗日戰爭或國共內戰，更不是金門砲戰或越南戰爭，而是意識形態如癌症那樣蔓延，腐蝕著他的靈魂。當他一息尚存，就有必要像避秦那樣，尋找一方容身的淨土。

第二章他以鮭魚隱喻自己漂泊的命運，在這章最後，他附有一篇短文〈偉大的流浪者——鮭魚生態小史〉，敘述大自然生物從生到死的循環。正如他所形容的，鮭魚是一種神奇的動物，有著可歌可泣的一生。在牠們的體內，具有神祕的磁場，可以探測原生故鄉的方位。縱然出生時順著河流而下，最後投向大海，在巨浪波濤中，逐漸長大成為巨魚。縱浪大海數年之後，鮭魚開始回歸，逆著滔滔海水，朝著故鄉洄游。洛夫看到這悲壯的一幕，而寫下這段話：「牠們一出生即面對一個嚴肅的問題——生與死。」又說：「牠們死得十分壯烈而又心安理得。」就在這裡，洛夫揭開第二章的精神所在。他流浪到北美，其實就是要尋找一個死得安詳的地方。但是，最大的悲劇是鮭魚可以回到故鄉，而詩人卻是選擇他鄉。

整首詩，都是以鮭魚的命運來暗示自己的遭遇。牠們如何遠離昨日，遠離童年，遠離美好的諾言，遠離情愛，遠離那些招惹蛆蟲的欲念：

你們
可以用鹽醃我們
用火烤我們
切時間一樣的切成塊狀
割歷史一樣的割成章節
然後裝進一只防腐的鐵罐
扔入深淵

詩中的你們可以指中國，也可以指台灣，他就像鮭魚那樣，在歷史中任人宰割。從詩行深處，隱隱傳出強烈的控訴，原本可以成為歸宿的故鄉，卻因意識形態對決而翻轉成異鄉。

鮭魚是從幼苗時期開始朝向大海漂流，但詩人卻在年老時遭到整個大環境放生那樣，被迫遣送到人地生疏的鮭魚國境。這種反諷的對比，似乎有著他無以言宣的抗議。埋藏許久的哀傷，終於在詩的最後完全傾瀉出來：

神在遠方監視，看著我們
把腐敗的肉身
一絲絲分配給每一個子女
吸吮血水就夠了
淚則留給我們自己
我們需要一些鹽，一些鐵
一堆熊熊的火
我們抵達，然後停頓
然後被時間釋放

從空間的流放，獲得時間的釋放，恐怕才是整首詩的寓意所在。鮭魚的肉身可以被切成一塊一塊，被裝進鐵罐，餵養陌生的人類。一個詩人的身體能夠被人分享，無疑就是他以生命凝鑄出來的詩行。他一生的創作經驗，彷彿是穿越不同的水域，終於化成可貴的養分，可供後人咀嚼並反芻。默默的神，停留在遠方俯視，或許是祝福，或許是詛咒，但都在觀察一個生命的完成。第二章埋藏的精神，既有悲嘆，也有悲願，卻足以道盡詩人內心的千言萬語。其中所傳達出來的悲傷，都已經渲染在所有的詩行之外。僅此一點，可以窺見洛夫的晚期抒情是那樣浩瀚，又是那樣無以定義。留下的韻味，不免使人禁不住拭淚。

進入第三章「浮瓶中的書札」，是隔著海洋的遠方詩人，傳回的瓶中稿。詩人並非全然絕情，縱然滿腔悲憤，對於他的前生仍有無法割捨的眷戀。運用與他生命有千絲萬縷關係的情感與思維，他寫成四首長詩，包括〈致母親〉、〈致詩人〉、〈致時間〉、〈致諸神〉，分別代表著親情、友情、命運與信仰。當他在母親墳前留下輕聲祝禱：

願世人的淚
釀成一壺酒
醉成一尾魚
游成一行詩……

這才是他在遠方所能傳達的誠摯願望。世間氾濫的淚水，如果能昇華成為一壺酒，則所有的悲傷都將還原成蜜汁，所有漂泊的魚也幻化成詩意之美。他複雜的感情，只有在母親之前才能獲得沉澱。也只有博大的母愛，才能協助他到達寬容。

〈致詩人〉是反覆論詩的一首詩，與他的朋輩檢討種種議題，如孤絕，如死亡，如時間，如禪境。詩中對於詩人的西化現象，有頗多諷諭。對於台灣詩人企圖繼承波特萊爾以降的各種詩派，洛夫顯然有他特別的意見。有些詩人模仿里爾克，有些則偽裝成卡夫卡（**Franz Kafka**），這種畸形現象，事實上在一九六〇年代前後極為氾濫。尋找自己的聲音與語言，是戰後台灣詩壇的普遍焦慮。詩壇上曾經有過所謂「偽詩」的說法，在分行藝術上極其神似，卻沒有注入詩人的生命與精神。即使遠在海外，洛夫不僅回顧自己的藝術經驗，他對自己的朋輩還是有非常殷切的期待。〈致詩人〉的最後幾段，可以說極盡諷刺之能事：

> 且大言不慚地
> 宣稱卡夫卡是他表哥
> 因鄙視死亡
> 他也選擇變成一條蟲

為苦悶而苦悶，為虛無而虛無，確實是現代主義運動中層出不窮的怪現狀。當創作失落在西方的各種形式與主義時，台灣詩人似乎找不到自己的靈魂。洛夫如下尖銳的詩行，寫得極具批判力道：

關於張力，陌生的語境中
他特別突出某個雄強有力的句子
猶之廣場上
那座雕像作勢欲起的陽具

模仿或諧擬，在後現代美學中是普遍使用的一種技巧。但是在現代主義時期，每位詩人都爭相創造意象乖戾的詩句。就像廣場上的雕像那樣，充滿了肌肉的張力，卻沒有任何活潑生命。

作為詩人，在諸神之前他是被創造的。但詩人開始落筆寫詩時，本身就是一個創造者，〈致諸神〉，就在於反覆申論詩人與諸神之間的辯證關係。人的力量非常有限，而神的力量則極其無限。以有涯追無涯，顯然是處於不對等的關係，但詩人有他的傲骨，他一旦被神創造之後，就可以藉用自己的意志與智慧，創造另外一個宇宙。洛夫說：

但我並非萬物
我是千樹櫻桃中的一顆
我是萬物中的一
獨立於
你眷顧你掌控你威逼之外的
一個由鋼筋水泥支撐的
個體。

在現代詩人中，洛夫曾經宣稱詩人是為宇宙萬物命名的人。在陳腔濫調的世界裡，詩人有辦法另闢蹊徑，賦予萬物新的意義。他早年的這種思想，到晚年時反而更加清晰明白，而且充滿自信。在某些神祕時刻，詩人可能臣服於諸神的命運安排。但詩人一旦進入下筆如有神的狀態，幾乎可以把平面文字化成呼風喚雨的境界。洛夫並非蔑視神的存在，但他自有崇高的思想，從不低估詩人在創作時的那種神聖。

三千行長詩的最後一章〈向廢墟致敬〉，是由七十首短詩所構成，每首共六行。這種形式對洛夫而言，完全在他創作的掌控之中，遊刃而有餘。他早年的詩集如《外外集》、《西貢詩抄》、《魔歌》，兼具知性與抒情，是他最拿手的絕活。在總結《漂木》這部史詩型的作品時，他以浩浩蕩蕩七十首短詩作為總結，那種氣魄足以睥睨他的朋輩與當代年輕詩人。這章的第一首，不免使人讚嘆：

我低頭向自己內部的深處窺探
果然是那預期的樣子
片瓦無存

只見遠處一隻土撥鼠踮起後腳
向一片廢墟
致敬

當詩人漂泊到遙遠的另一個海岸，能夠回顧的都寫在第三章〈浮瓶中的書札〉，他以各種議題回顧自己曾經有過的生命經驗，對親情、友情，以及台灣詩壇，表達他深沉的回憶。所以在最後一章，他寧可總結個人生命的輝煌與黯淡。以廢墟命名，似乎寓有徒然，虛擲，白費，空茫的意味。到達生命的晚期階段，會不會興起強烈的失落感？所以第一首短詩，形

洛夫，《魔歌》（台北：中外文學，1974）。

容自己「片瓦無存」，似乎帶著反諷的氣味。在一片荒漠的草原上，從地下土層冒出一隻土撥鼠時，無疑是充滿高度的象徵，經過寒冬之後，在北美的草原上，土撥鼠重新回到地面，似乎是在預告春天來臨就在不久。洛夫抓住這個意象，似乎隱隱向世人宣告，這片廢墟其實還是充滿勃勃生機。例如第七首：

如果把這些詩句拿去燒
或許你可聽到它們沸騰時動人的節奏
說穿了，就像是
潛意識裡孵出一窩生機勃發的豆芽
據說詩人的不朽
多半建立在一堆荷電的頭皮屑上

幾乎可以感受詩人到達黃昏時，終究還是帶著傲慢。他們一生也許皓首窮盡，也許埋首構築詩句，但生命從未虛擲，凡是留下詩行，時間就不會消失，而是點點滴滴累積起來。洛夫擅長使用誇飾法，即使在創作時搔首尋句，頭皮屑還是負載電流。那種生命力，剛好呼應了前面「生機勃發的豆芽」。他刻意暗示，生命從來不是廢墟，在無法知覺或意識的草原角落，處處都爆發著小小的創作能量。被稱為孤絕的詩人洛夫，其實全身布滿了不可屈就的骨頭。最後一首的短詩，他有意為這首長詩做最後的註腳：

我來
主要是向時間致敬
它使我自覺地存在自覺地消亡
我很滿意我井裡滴水不剩的現狀
即使淪為廢墟
也不會顛覆我那溫馴的夢

表面是溫馴，裡面是傲骨。他以一生的創作向時間致敬，而時間就是生命，就是歷史，就是記憶。直到他要被徹底清理之前，詩人拒絕成為廢墟的一部分。縱然可能淪為廢墟，他懷抱的夢從未消亡。

一九五〇年代的台灣詩壇，有多少創作者直接間接傳遞著何其芳的詩風，瘂弦、洛夫、鄭愁予、林泠、楊牧，在出發之初都受到強弱不同的點撥。何其芳為了配合中共的文藝政策，他終於把自己毀掉，變成一片廢墟。何其芳萬萬沒有想過，早期台灣詩壇竟有那麼多人從他那裡接來火種，但也僅僅是火種而已。稍後的每位詩人，終於能夠渲染氣象，各成一家。然而到今天，仍然還維持旺盛的創造力，僅剩下洛夫與楊牧。他們兩個人的詩風截然不同，卻都是抒情傳統的重要傳承者。洛夫是被誤解的一位詩人，超現實主義的那頂帽子一直緊追著他。洛夫擅長使用強悍的字句，為的是要表達柔軟的靈魂。他的意象鮮明，氣勢跌宕，反而遮蔽了他的抒情之風。在二〇〇〇年，當他繳出一部三千行的長詩，可以說震撼台灣文壇。《漂木》絕對會不斷引起議論，其中所容納的創作技巧，其實是洛夫各個生命階段的精華之總和。無論他漂流有多遠，無論他年華漸入暮境，他以一塊浮游的木頭自況，宣告他的生生不息。這塊漂木，從北美海岸洄游來到海島，確實帶著強烈控訴，也帶著一身傲骨。載浮載沉的漂木，在台灣上岸時，宣告一個詩人的生命又重新開放。洛夫無法忘情台灣，而台灣也無法忘懷這位詩人。當他向廢墟致敬時，其實也是向草木叢生的台灣致敬。

本文原載《聯合文學》三五三期（二〇一四年三月）

情與讖的糾纏

情的困頓與超越，貫穿周夢蝶一生的詩學。他是多神論者，也是無神論者。面對神性時，總是會出現謙卑。面對人性時，他的感情就會流露。他往往陷溺其中，也常常企圖超脫，這一直是他詩裡最矛盾之處。愛與不愛，情與不情，是兩股拉扯的力量。沒有人可以恰到好處看待自己的感情，生而為人，終生就必須接受折磨與苦惱，周夢蝶正是典型人物。捧讀他的詩句時，相生相剋的感情時時可見，有些是回不去，有些是過不去，使靈魂永遠停滯在煎熬中。從盛年時期之後，情與懺的交錯，就升格成為生命最大的難題。抉擇或放棄，堅持或沉迷，形成兩難式的詰問。只要肉身還在，即使是基督或佛陀，也無法擺脫人間情感的鞭笞。周夢蝶詩學的迷人，恰恰就寄託在那種漩渦式的矛盾深淵。肉身與心靈的拔河，形成他的終極折磨，也構築了他最驚險的美學。

孤獨可以使人喪志，也可以使人內省。周夢蝶是屬於內省式的詩人，無論世界有多大，最後都容納在他的內心。他的思想所到達之處，也就畫出那世界的範圍。孤獨與寂寞，其實是兩回事。寂寞是在眾人之中得不到感情互通的人，而孤獨則是屬於自我選擇的生活方式。寧可面對自己，不受群眾的干擾。在美學上，孤獨的境界比寂寞還要高。周夢蝶是孤獨的詩人，他不會寂寞，因為他的靈魂可以找到不斷低語的對象。他的每首詩從未有過任何吶喊，也未曾有過消極的時刻。他有能力保持永恆穩定的狀態，即使有任何爭論或拌嘴，都只發生於內在靈魂的齟齬。那種齟齬，有時極冷如冰，有時熾熱如火，但都完全止於自我審問。一如《孤獨國》的主題詩，令人讀後便怦然心動：

昨夜，我又夢見我
赤裸裸地趺坐在負雪的山峰上

這可能是最冷靜的自我觀照，也是最奇特的表現方式。他的詩學，往往可以從自我抽離出來，產生一種分裂的辯證。就像左手與右手的互搏，既是各自獨立，也是相互為用。主體的分裂，可能是後現代美學的思維，但是遠在一九五〇年代，周夢蝶已經開始進行實驗，而且也有相當成功的實踐。他在自己的國度裡，一方面自我放逐，一方面也自我回歸。就像他看見自己「赤裸裸的趺坐在負雪的山峰上」，究竟是在夢中還是在現實？兩個對立的自我，形成某種程度的矛盾張力。而這種張力，恰好定義了詩人畢生所營造的美學。蘊藏體溫的肉身坐

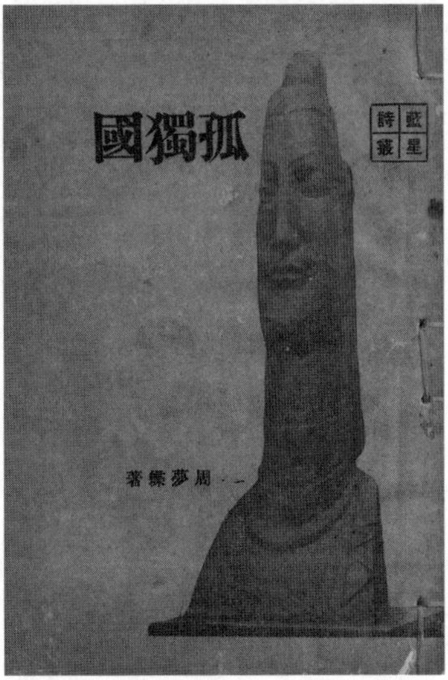

周夢蝶，《孤獨國》（台北：藍星詩社，1959）。

在冰冷雪上，似乎強烈暗示外在環境的惡劣，整個靈魂都受到挑戰。利用這種兩極的意象，企圖彰顯人生的大矛盾。

一正一反，一冷一熱，象徵著現實與夢幻的辯證關係。這種雙軌式的思維，撐起周夢蝶的想像世界。兩元對立的自我省思，也恰好可以定義感情深處愛與不愛的困境。正如他的組詩〈匕首〉第三首，留下這樣的詩行：

不管攤在我前面的
是一天豔陽如火如酒
抑是比火還烈比酒更濃的憂愁

我仍將啣著笑，一步緊一步走去——
我曾吻抱過地獄一萬零一夜
一萬零一夜不過是我「盲目的愛」的序曲

帶著憂愁的愛，或許無法遂行於殘酷的世界。《孤獨國》的作品，大約都是抱持「我不入地獄誰入地獄」的決心。在世人眼底，這種感情應該只是「盲目的愛」，但他仍然義無反顧。在他生命過程中，隨時可以看見愛情的未完成，而這種殘缺，反而促成詩的完成。或許精確而言，詩的誕生，必須以感情的挫敗為代價。徒然有愛，卻總是得不到恰當的回應。即使有愛，就注定要接受地獄之火的試煉。在第四首，便出現極其內斂的詩行：

我想把世界縮成
一朵橘花或一枚橄欖
我好合眼默默觀照，反芻——
當我冷時，餓時。

愛情找不到適當出口時，他反身求諸己，形成昇華的力量，成為一朵橘花或一枚橄欖。詩人選取橘花與橄欖的意象，暗示著歷霜之後的結果。他的早期詩作，開展出來的精純藝術，簡直可以睥睨同一時代的詩人行列。無論是文字鍛鑄或意象營造，都有他特殊的技藝。這首詩，意味著

周夢蝶，《還魂草》（台北：文星，1965）。

他看待世界的豁達，即使求愛未遂，也可以把世界凝住成為花與果，隨時可以置放在手上觀賞。愛情放大時，如世界那樣博大；當情感不能得到伸展，詩人依然如反芻一枚橄欖那樣，咀嚼其中的甘味。

閱讀他的第二冊詩集《還魂草》，可以發現他連續寫了四首題為〈六月〉的詩作。那是一年四季的中間，也是最飽滿而豐富的季節。豔陽滿地，百物滋生，而他寫出來的詩行竟然無比冰涼。其中第二首〈六月〉，開頭四行就是：

枕著不是自己的自己聽
聽隱約在自己之外
而又分明在自己之內的
那六月的潮聲

這又是他最典型的辯證語法，使「我」從自我抽離出來，又讓「我」納入自我之內。一如前面所述，他擅長撕裂自我，也偏愛重鑄自我。既是放逐，也是回歸；既是分裂，也是完整；既是矛盾，也是統一。貫穿他整個詩學的思維方式，竟有如此。當他說在雪中取火，等於是宣告孤獨的肉身，原就充滿豐富感情。當他臥在那裡聽潮，好像與自己保持距離，傾聽自己；又好像探測外面潮聲，而潮聲卻又從身體內部發出。在最炎熱的六月，他承受的是冰冷的冬天。所以才有第三節的詩行：

霜降第一夜。葡萄與葡萄藤
在相逢而不相識的星光下做夢
夢見麥子在石田裏開花了
夢見枯樹們團團歌舞著，圍著火
夢見天國像一口小蔴袋
而耶穌，並非最後一個肯為他人補鞋的人

他再次展示最擅長的矛盾語法，不僅在六月遇到霜降，而且還看見麥子開花。這些隱喻，又容許讀者窺見他淒苦的命運。如果天國是終極的樂園，而耶穌是終身勞苦的象徵，在詩人的世界裡，整個意義完全顛倒過來。所謂天國，只是一只小蔴袋，那是《聖母之花》裡小妓女的名字；而耶穌，則應該是屬於救贖的象徵，但他釘死在十字架上之後，人間苦難卻從未停止。這些詩句，讀來多麼令人心酸，也多麼令人絕望。周夢蝶這樣那樣告訴我們，愛是無所不在，愛是如此無奈。愛無法實踐時，愛還是存在。

在全部詩作中，常常會出現稍縱即逝的熾熱之愛，欲說未說，欲語還休。他似乎不相信，人間有所謂的一見鍾情。他寫得最為露骨的是〈一瞥〉，當那佳人出現時，如「一道彩虹筆直射來」，使他立即產生暈眩。在錯綜複雜的人間，在喧囂繁華的城市，兩人相遇的剎那，彷彿兩個星球已經命定要互相撞擊，那股力道是非常準確的一記，簡直到了無以承受的地步。他終於必須承認：

是的。這似乎是可而不可思議的
當一隻蘋果無風自落
而且剛巧打落在
正沉思著萬有引力的牛頓底鼻子上。

周夢蝶很少寫出如此幽默，又如此自我調侃的詩句。當他念茲在茲，日夜冥想，那份感覺永恆地停留在不期而遇的那一刻。好像有一隻看不見的手，默默安排，再三校準，終於在生命中的神祕時刻裡，使兩個人互相看見。一隻蘋果落下，擊在牛頓鼻子上那樣精準，地球的萬有引力，使兩個人發生磁場相吸。這種誇飾法，在於揭露愛的發生從來無法預期，也無法逃避。

所謂愛，無法定義，也沒有確切的內容。往往在神祕時刻，靈光一閃，觸動內心底層敏感的角落。無聲無色，整個靈魂卻起了大震動，那種境界近乎禪。然而，並沒有完全脫離世俗，而是有某種意念糾纏著、咬嚙著、反芻著。彷彿站在峰頂看到世俗的全部，只有一個人承擔著孤獨。所謂愛，如何劃出疆界，周夢蝶的〈燃燈人〉說：

當石頭開花時，燃燈人
我將感念此日，感念你
我是如此孤露，怯羞而又一無所有
除了這泥香與乳香混凝的夜
這長髮。叩答你底弘慈
曾經我是靦覥的手持五朵蓮花的童子

愛使人謙遜，使人縮小，也使人羞怯。即使是頑冥不靈的人，受到小小的點撥，彷彿受到露水的滋潤，從石頭深處開出花來。最後一行，相當精緻地點出全詩的精神所在。當他以「手持五朵蓮花的童子」自況，迴照出來的影像是何等聖潔而乾淨，而這樣的魂魄進駐在肉身裡，也必須跟著在滾滾紅塵浮沉。但是，愛意襲來的時刻，那個童身的情操立即被呼喚出來。

寫這首詩時，周夢蝶已經跨過五十歲，暮景在望，盡頭浮現，才嘗到愛情的滋味。這種詩藝，是周夢蝶美學的精華，可以使用尋常的語法，迂迴寫出不能說、不可說，而又說出的祕密。

雪與火的意象，在詩行之間，時掩時露，最能反射他內心熾烈欲望與冰肌玉骨的相互矛盾。如果火是肉體，雪是精神，他常常受到兩者力量的糾纏，每當企圖分離兩種元素時，反而更加混融不清。他是被貶謫到地球的情種，被迫生活在市聲喧囂的城市，全然不能避開情的誘惑。在內心裡祕密花開時，必然是某種緣分逼近之際。就在這個時刻，往往陷入天人交戰，而類此內在的矛盾衝突，正是他詩情的根源。沒有誘惑，沒有抗拒，就沒有他的詩行。走過他一生的詩作，只有一首詩〈關着的夜〉，他放膽接近情慾的燃燒：

怎樣荒謬而又奇妙的遇合！
這樣的你，和這樣的我。
是誰將這扇不可能的鐵門打開？
感謝那淒風，倒着吹的
和惹草復沾幃的流螢。

詩人很少寫出如此動人心弦的句式，為了沖淡太過熾熱的激情，他有意感謝淒風與流螢。這種使讀者分神的書寫，為的是使愛情飄散於大自然之中，讓體溫與欲望不致遮蔽了詩意。尤其他寫「惹草復沾幃的流螢」，就已足夠強烈暗示，兩位男女所投入的情愛。周夢蝶從來不願意直接描寫身體，那是不潔的象徵，也是沉淪的暗示。但是寫這首詩時，終於還是把持不住，而有了下面的詩行：

而之後是，以錦褥裹覆，
以心與心口與口的嘘吹；
看你在我間不容髮的懷內
星眼漸啟，兩鬢泛赤……

如此相當具象的描寫男女歡愛，恐怕是絕無僅有。比起他《還魂草》詩集裡，反覆營造「雪中取火」的意象，顯然是有意放棄他所堅持的聖潔美學。但是走到詩的最後一行，才發現他有著附註：「原題〈連瑣〉，女鬼名。見《聊齋誌異》。」就在他放膽說出真實的肉體之愛，毫不掩飾與楚楚可憐的女性纏綿時，他才揭開謎底，原來他只是借用女鬼故事，來烘托內在欲望的翻滾。整個敘事可能是虛構，但是詩人刻意經營這樣的詩作時，似乎也是有意無意洩漏他潛藏內心的感覺。顯然這與王國維《人間詞話》的美學概念相通，在隔與不隔之間，辯證地建構固有的美感。潔與不潔，情與不情，愛與不愛，正是他終極的主題。

他在最近一冊詩集《十三朵白菊花》，漸漸呈現一種晚期風格，似乎已經超脫情的羈絆，掙脫了世俗的囚牢，可以站在另一個高度俯望人間。所謂晚期風格，意味著詩意的更加成熟，或許語法與句型不再精練，意象的形塑也不再濃縮，技巧演出更不再講究。當他到達圓熟境界，凡舉手投足都是詩意，呈露出來的意念就是哲思。藝術上的晚期，是人格與風格的整體展現。在心靈上，詩人接受過太多的試探與考驗，足以超越輸贏得失與恩怨情仇。晚境的到來，使詩人更從容看待自己的藝術與生活，完全沒有時間的壓迫。早年的周夢蝶，耽溺於雪與火的緊張關係，也掙扎在情與慾的迴旋循環。臻於晚年的峰頂，他開始突破生與死之間的界線，似乎再也找不到什麼叫做恐懼。他的詩藝已無須以成敗來定論，也無須訴諸美醜的區隔。

這本詩集的同題詩〈十三朵白菊花〉是晚期風格的典型，以敘事詩的形式，描寫他書攤前置放著一束白菊花。他回來看見時，恍然覺得是自己的魂魄回到墓前：

周夢蝶，《十三朵白菊花》（台北：洪範，2002）。

頓覺一陣蕭蕭的訣別意味
白楊似的襲上心來；
頓覺這石柱子是塚，
這書架子，殘破而斑駁的
便是倚在塚前的荒碑了！

這種覺悟意味著參透生死的意念，不再害怕不祥的禁忌，不再害怕抵達生命的極限。正如魯迅說過，「希望即虛妄」，畢竟所有的燦爛之花、燃燒之情，終究都屬於幻影。有人來訪不遇，留下一束白菊花，看在詩人眼裡，彷彿是朋友前來祭拜。就像他早期的詩作，擅長把「我」從自我抽離出來。這首詩不僅抽離出來，而且是以魂魄的姿態歸來，眼前出現的景物，已屬前生。就像陶淵明寫〈自輓詩〉那樣，以幽默調侃的方式看待自己：

淒迷搖曳中。驀然，我驚見自己：
飲亦醉不飲亦醉的自己
沒有重量不佔面積的自己
猛笑著。在欲晞未晞，垂垂的淚香裏

整首詩的最後這四行，點出自己哭笑不得，卻又置之度外的超脫。不過，他的抽離並非乾脆利落，對於人間所經驗過的一切感情，還是抱持依依不捨的眷戀。情的羈絆，在晚期風格裡仍然占有極大分量。身為情種的詩人，或許自認可以看破一切，但情愛是與生俱來，而且相偕俱往，到生命的最後階段，還是難以參透。身為讀者，閱讀此詩時，不免產生欲捨未捨的悲愴，但是周夢蝶完成這首詩時，卻表現出他難得一見的大歡喜。

〈荊棘花〉也是他跨越生死的一種覺悟，對於人間所有的受難，其實都有至深的意涵。無論是愁慘或淚光，都將昇華成為世人的仰望。出世與入世，失魂與還魂，在愛中都具有同等重量。他對生命的終極關懷，就像對所有人間之愛，永遠都抱持著博大的寬容：

直到有一天這望眼
已彼此含攝；直到
天上的與天下的
以彼此成為彼此
不即不離，生於水者明於水

在此又再一次表達他生命態度的豁達，面對天上人間，已死的與未亡的，都是生命的延續。生與死並非兩極的對立，而是相互鎔鑄、相互生成，亦生亦死，亦死亦生。當他說出「以彼此成為彼此」，就足以彰顯他已超脫世俗所有的極限，荊棘花恐怕也是再生花。受難的隱喻其實也包含著喜悅，能夠到達如此高度，便足以透視人間的生死憂患。

論詩者偏愛以「禪」來解讀周夢蝶，有意強調他的超脫與空靈，藉由這樣的途徑，企圖抵達詩人生命的底層。但是，這樣反而忽略他常常引述基督與聖經的精神。周夢蝶從未否認對《紅樓夢》的迷戀，甚至以畢生的詩作來詮釋自己：「苦成一部淚盡而繼之以血的／石頭記」（〈紅蜻蜓〉）。這句詩行簡直是把情種賈寶玉以基督來比並，都是要經過人間的苦難，最後成為眾人仰望的象徵。情與色並非是愉悅，而是精神與肉身的磨難，在心靈層次上頗近耶穌基督。最大不同的是，耶穌是為普世之愛而受難，賈寶玉則是因私情而遭到凌遲。周夢蝶詩學往往在企圖超脫之際，又重新被貶謫到世間。情與不情，愛與不愛，一直糾纏著周夢蝶的年少到年老。捧讀時，幾乎可以感受到他深深鎖在情感的囚牢，縱然可以參透生死，卻始終無法從情愛中解脫，周夢蝶之迷人，就在詩中往往有淚光，逗引著讀者脆弱的心。

本文原載《聯合文學》三五二期（二〇一四年二月）

時間與晚期風格

Time present and time past
Are both perhaps present in time future
And time future contained in time past.
If all time is eternally
Present All time is unredeemable.
What might have been is an abstraction
Remaining a perpetual possibility
Only in a world of speculation.
What might have been and what has been
Point to one end, which is always present.

——*Four Quartets*, T. S. Eliot

時間現在與時間過去
也許都出現在時間未來
而時間未來則包含於時間過去
如果所有時間是永恆的現在

則一切時間無可救贖
曾經發生過的只是抽象
留下一個永久的可能
只有在思索的世界
所有可能發生或已經發生
指向一個終點，那永遠是現在
——艾略特《四首四重奏》

時間是一種永不回頭的前進，持續伴隨著生命的成長，圓熟，消亡。只要發生過，就不會捲土重來。艾略特的長詩《四首四重奏》，最能彰顯詩人面對時間之際所發生的苦惱。把所有過去的生命累積起來，就是未來的總和。但是未來不可預知，而過去也不能重現，能夠緊緊把握的就只是現在。艾略特的思考，應該可以理解。當他生存在兩次大戰之間，他看不見人類的希望。站在毀滅與廢墟裡，他不能不思考生命的問題。上引的詩行，相當忠實呈現了艾略特對時間的感覺。而這樣的感覺並不僅僅屬於他個人，凡是有創造力的作家，都必須接受時間的凌遲與撫慰。時間與生命，其實是同義詞。創作者不可能耽溺於過去與未來，能夠釋出他爆發的生命力，唯現在而已。台灣的詩人，在詩行之間，往往不免對時間流露不尋常的焦慮。對時間特別敏感者，大有人在，其中楊牧的詩，頗令人矚目。

詩藝的成熟，猶如瓜果在時間裡慢慢膨脹，終致緊繃飽滿。在陽光下，呈現它最佳狀態。果實的表皮，必然有其動人顏色，帶著熠熠光澤。就像詩的形式，透過文字技藝，透出詩人創造的輝光；無論是分行，聲音，節奏，都恰到好處。內在的果肉，想必是漿汁豐潤，釋出甜美香氣。就像詩的內容，精確負載著詩人的情緒升降與思考起伏，從而牽動讀者的情懷。

楊牧寫詩，超過半世紀以上。從青澀階段的探索到後來的卓然成家，同樣像瓜果那樣，在時間的凌遲中緩慢成長。他的作品，有其特定的肌理，一如果實成熟時，有它一定的紋理與色澤。如今他進入晚風的季節，秋氣凜凜，仍然維持穩定的高度。如果回到最初，就可發現詩人對時間的消亡顯得特別靈敏。當時他年輕心靈所懷抱的時間觀念，顯然是記憶與遺忘之間的相互辯證。收在詩集《燈船》的〈給時間〉（一九六四），隱隱透露楊牧少壯時期的憂慮與迷失。當時他剛剛抵達異域，故鄉已遠，前程未卜。夾在時間與空間的未名地帶，不免會在內心自

葉珊，《燈船》（台北：文星，1966）。

問自答。在詩行中，他提出兩個問題：「告訴我，什麼叫遺忘？」「告訴我，什麼叫記憶？」這可能是楊牧對時間所感受的最早疑惑，也是他在漂泊時期給自己答案的一個嘗試。所謂時間，顯然就擺盪在遺忘與記憶之間。這首詩的最後四行：

告訴我，甚麼叫做記憶
如你曾在死亡的甜蜜中迷失自己
甚麼叫記憶——如你熄去一盞燈
把自己埋葬在永恆的黑暗裏

在他年輕的心懷裡，並沒有所謂記憶，而是全部付諸遺忘。那可能是他生命中最虛無的階段，他所無法把握的，便允許釋手而去。記憶與遺忘，並非辯證關係，既無法同時存在，也不能相互替換。彷彿是直線進行，最後宣告沉沒，在陌生的土地上，似乎沒有什麼是可以依靠或信賴，他的時間，就是當下，就是此時此地。迎接他的，是無可預測的前景，他只能

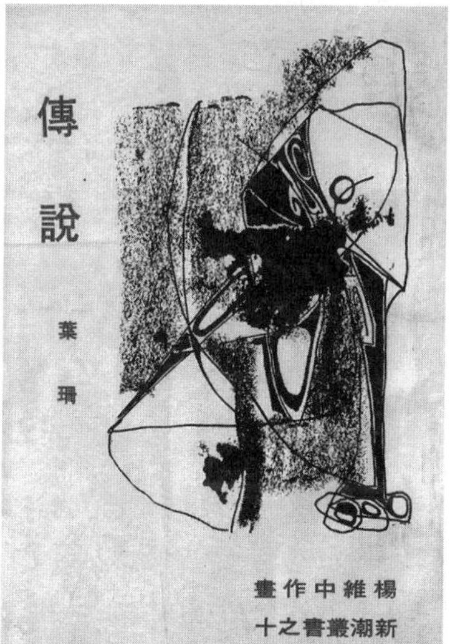

葉珊，《傳說》（台北：志文，1971）。

往前看，投向無可命名的未來。這種直線型的時間觀念，似乎可以窺見楊牧早年對命運的抉擇。對於時間，他從未有過任何悔恨，往往都是保持坦然的心情。

或者從另一個角度切入，時間就是愛情的實踐。一九七〇年，他完成的〈十二星象練習曲〉，相當傑出地藉用性愛來對抗戰爭。這種身體詩，一方面彰顯他對愛情的追求，一方面也表達自己對時間的感覺。在那段時期，他先後寫出無數氣勢磅礴的抒情作品。他的另外一首長詩〈十四首十四行詩〉，完成於一九七三年，在規模上遠遠勝過前述的練習曲。第十四首的最後一節，是如此結束：

據說就是這樣美麗的歲月
在我們完好的擁抱裏產生了
我不知道我，應該如何催問
啊地獄請你為天堂下一場雪

在盛年時期，詩人的時間觀念就是燃燒愛情。在情人的擁抱中，對於季節與歲月的消逝完全無懼。那種對生命的抱負與信心，可能是年少以來最為堅決的時候。當他容許地獄為天堂下一場雪時，正意味著詩人毫不害怕死亡的降臨。寫於最為煥發的時期，這首詩已經完全迴異於〈十二星象練習曲〉，形成極為鮮明的對比。在練習曲中，性愛是生命的輓歌；而這首詩意義整個翻轉，性愛反而成為生命的歌頌與救贖。

在他整個創作歷程裡，很少出現過明亮閃爍的作品。唯一的例外，是一九八〇年他完成詩集《海岸七疊》。那時剛剛建立全新的家，不僅擁有豐收的果園，而且初次獲得一個新生命。凡是熟悉他的詩風者，都意外感受到詩人所擁有的喜悅。因此，整本詩集的節奏相當輕快，陽光與音樂參差浮現在詩行的流動裡。這冊詩集的時間觀念，頗具開闊的大氣，彷彿他可以向時間預約所有的承諾。那是他點石成金的時期，如果說他的詩筆已經具有呼風喚雨的能力，這本詩集正好是最好的印證。詩集裡最具野心與氣魄的作品，莫過於〈子午協奏曲〉。當時妻子帶著新生嬰兒回到台灣，而他仍然留在西雅圖，兩岸時間的輪迴出現了白天與黑夜，使詩人的思念呈現出莫名的張力。親情隔離所帶來的凌遲與折磨，使得時間的速度變得非常緩慢，而且也轉換成一種咬嚙的痛楚。

此刻詩人所歌頌的愛情，穩定、透

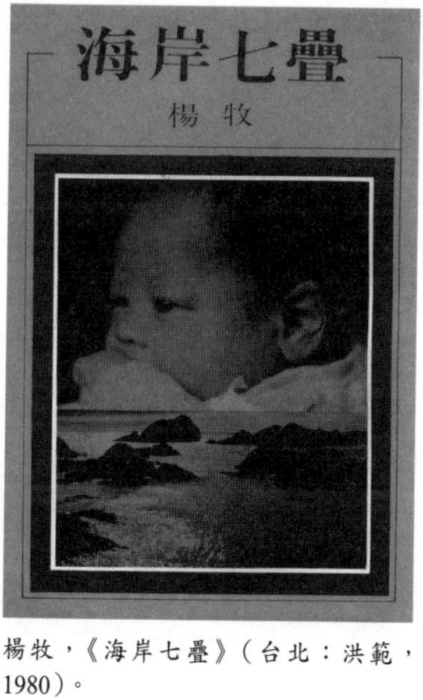

楊牧，《海岸七疊》（台北：洪範，1980）。

明、圓熟，而且喜不自勝，詩行所挾帶的情緒，恰恰就是如此。全詩最後三行正好為他的心情做了最佳詮釋：

陽光如猛虎的顏色……
月影幽微，落在短牆上
躡足像鄰居的白貓沿丁香枝頭行走

第一行是白天，第二行驟然轉為黑夜，正是日夜相間的神奇跳躍。在時間的凌虐中，詩人的心情反而是平靜而充滿愉悅。那隻走在短牆上的白貓，暗示了月光撫平他的焦慮。在新婚之際，他完全顛覆過去的時間感受，看待世界的態度也變得特別慈悲而寬容。在不同的年齡，不同的心境，時間的意義永遠是在不斷移動。時間是什麼？它是感情的升降，是生命的毀

楊牧，《介殼蟲》（台北：洪範，2006）。

滅與重生，是夢想的凋零與盛放，是無窮的失落與希望。重新回到這段時期，想必是他生命裡其中的一個峰頂。當時他的詩學已經構築了相當完整的世界，其抒情句法獨樹一幟，或許其他年輕詩人可以襲用，卻無法到達其核心精髓。特別是詩中對愛情的感受，以及對時間重量的承受，絕對不是當代詩人所能望其項背。

如今，楊牧詩集《長短歌行》問世時，似乎引起年輕世代的矚目。距離他上一次的詩集《介殼蟲》，七年已經過去。台灣詩壇似乎察覺，楊牧的生產力不像過去那樣旺盛而沉穩。他的減產，或許是受到血氣的影響，或許是受到藝術極限的挑戰。縱然出現寡產，他還是詩壇公認的一個存在，如此孤高，如此傲慢。

他對詩的信仰依舊堅定不移。從一九七〇年代開始，他是詩壇的定調者之一。尤其在抒情傳統的延續上，他的分行藝術，聲音節奏，美學鍛鑄，撞擊了多少年輕的心靈。現在跨過七十歲，他在詩行中動用的每個文字，還是受到新世代讀者的仔細推敲。如果戰後台灣有過所謂的抒情傳統，楊牧無疑是其中一位重要的擘造

楊牧，《長短歌行》（台北：洪範，2013）。

者。在這個譜系裡，湧現過多少出色的名字，包括方思、鄭愁予、黃用、林泠、敻虹。到今天，眾聲俱寂之際，楊牧仍然挺著一枝筆與時間對決。

相對於過去的詩集，《長短歌行》似乎瘦了些，但藝術內容卻相當豐腴。俯臨他的詩頁，可以意識到節奏放緩許多，句式語法不再跌宕險阻。如果說，他正朝向內斂的風格前進，應該不是過於偏頗的判斷。作為他長期的讀者，似乎可以強烈感受，詩行與詩行之間吹拂著時間的風。那陣緩慢的風，掠過詩人的肩頭，騷動著雙鬢的霜髮。在詩集的〈跋〉，他自承已經到達「揭開的死生契闊」的階段，但詩人的心境顯然不為所動。他說：「我寧可設想那山上所有爭執衝突都已不復存在，有關諸神不和的原因等等都已經解決，消滅了，而浪漫情懷的餘緒不絕如縷……」他向世人展示，生命已經抵達時間的峰頂。必須站在那樣的高度，才足以清楚俯望塵世中的紛亂，爭奪，輸贏。就像他在一九九九年前寫的〈和棋〉：

然則　無與有之間局面
已巍巍成立　黑子和白子
慵懶相違　互相規避
有色與無色　有想　無情
如一本金剛般若波羅蜜經

人生的勝敗得失，已經不再是他的耽溺。這首詩強烈暗示，縱然他持續抱持入世的態度，卻擁有一定程度的出世情操。如果設定這首詩是他進入晚期的預告，那麼往後創造出來的作品，顯然都是為〈和棋〉這首詩下註解。他到達一個超越灑脫的情境，所有的爭吵從此平息下來。人間的愛恨情仇，都升格成為金剛般若波羅蜜經時，幾乎就到達「不生不滅，不垢不淨，不增不減」的境界。

置放在詩集的第一首〈希臘〉，共有兩節。每一節的第一行，分別是「諸神不再為爭座位齟齬」、「惟此刻一切都歸於平淡」，正好顯示內心深處已進入永恆的寧靜，彷彿他參透了世間的恩怨。他不僅能夠超越感情的拘囿，也能夠凌駕塵世上所有的扞格不合。這首詩顯然是在為整冊詩集定音，從而也確立了如此年齡所能釀造的風格。他懷抱的一隻靈魂，曾經淪落在萬丈紅塵，嘗盡流離漂泊的滋味。早年他曾經說過，孤獨是一匹獸；現在的孤獨卻是「作勢犯我如前生誤入／焦距裏一猝然現形的狻猊」（〈狻猊〉）。當他把所有的情緒都歸檔在前生，晚期風格便油然而生。所謂晚，不純然是暗示時間，應該是指過濾，沉澱，釐清，滌除的意涵。或更精確地說，那是一種感情的超克，內心浮現一片澄明。〈論孤獨〉一詩，說得非常明白：

光陰的逆旅——美的極致
現在蛻除程式的身體
完成單一靈魂。且止步
聽雁在冷天高處啼

詩人把自己囚禁在孤獨裡，他與世界之間已臻於和解。舉手投足的空間，反而更加寬闊。雁在高空召喚，他的靈魂也跟著比翼而飛。瞭望無邊的前景，沒有什麼可以阻斷他的視野，也無法羈絆他的揚長而去。曾經有過的夢，有過的挫折，完全拋諸腦後。即使是單翼獨飛，在那樣清冷的空氣裡，已經跨越季節的輪番交替。

從語法與句型來看，楊牧可能沒有超越他過去的創作。從詩史來看，創作者在年輕階段，面對毫無限制的時間之際，必然是充滿野心，而且也勇於試探各種可能。楊牧最為旺盛的時代，可能是在一九七〇至一九八〇年之交。那時他留下無數值得傳誦的詩行，包括〈延陵季子掛劍〉、〈航向愛爾蘭〉、〈瓶中稿〉、〈讓風朗誦〉、〈林沖夜奔〉、〈有人問我公理和正義的問題〉、〈狼〉。這些作品，容納著一個飄搖的魂魄，或飛揚，或下墜，或疾行，或緩

楊牧，《瓶中稿》（台北：志文，1977）。

步。他對文字的掌控，到了遊刃有餘的地步。其中暗藏多少情感的甜美與挫折，只能由他個人去承擔。但一切都消失時，他留下多少杜鵑啼血的詩句，一一都成為詩壇的傳說。在那輝煌的階段，楊牧創造許多可供朗讀的句法，無疑是豐盈而極致。因此在後來的書寫渲染之餘，都成為牢不可破的典範。即使是詩人本身想要突破，也不可企及。

有些詩題或事件容或出現重複，句型演變不免受到限制。但可以確定的是，他的心境更形成熟。他現在所呈現成熟的紋理，則是年少時期無法追趕。必須進入特定的年齡，所有的比賽宣告結束，一切的競爭都納入記憶，成敗輸贏的算計，再也不能干擾生命的穩定。當他遣詞用字，自然而然會注入一些生命哲理，那是他早年詩風未曾出現的一種曠達。〈風一樣循環〉最後三行，透露他內心的雍容有度，進退皆宜：

> 坐著，在長短針將盡未盡的時刻
> 維持一種互動，風一樣循環的關係
> 誰先到誰就安心等著

歲月裡發生過的追逐，已經不再。在年少時期，得失之心最強，不免懷著誰先到誰就占有的念頭。現在他的時間觀念，不是先後，而是循環。終有一天，每個人都會到達同樣的位置。那是一種互動，也是一種辯證。詩人似乎警覺時間之風日趨淒厲，但他已經完全超脫世俗的勝敗得失。在蒼老逼近之際，他漸漸覺悟，許多完成與未完成自有其命定的位置，無需強求，也無須悲嘆。這種參透，恐怕無緣在他過去作品中發現。這冊詩集的主題詩〈長短歌行〉，正是他晚期風格的靈魂所在。當他寫出下面的詩行，對於世間生命的乍起乍滅，看得非常明白：

我從困守的囚禁外望，親眼
看見有翅和無翅的昆蟲交叉歸類
角逐生長，暗中學習脫胎
蛻變，如何搶飛，求偶
和交配，而終於死亡。完整的
輪迴歷劫重來

短短數行，精確計算生命到死亡的福禍相倚，其中變化自有時間的規律。「完整的／輪迴歷劫重來」，暗示了生命的重要循環，無論是劫後或毀壞，最後還會歸來。正是這樣的覺悟，詩人對於死亡簡直毫無所懼。

晚期風格的楊牧，在時間裡受傷，也在時間裡圓熟。他的愛情與志業，都在詩的完成過程中平行起伏。他深深相信，在所有輪迴循環中，他不是起點，也不是終點，而是宇宙千萬線索網絡裡的其中一環。他是中介，是過程，是橋段，是時間長流裡的無盡追求。如果台灣出現過所謂的抒情傳統，楊牧是奠基者之一。

但是，早期的擘造詩人群，最後都慢慢遠離，唯獨楊牧仍然從事從青年，中年，到近期，孜孜不倦投入抒情詩的營造與擴張。他的詩藝，不斷與時間一起生長，也不斷累積擴張他對年輕世代的點撥與影響。如果有一天他選擇停筆，想必也會感到心安，畢竟他的生命已經借用另外的形式與風格衍傳下去。

他在〈跋〉如此說：「時間延伸不盡將使所有是非歸諸無解」，正是他的深刻覺悟。他的超脫態度，似乎呼應了前引艾略特的詩，如果時間是永恆的現在，則生命便沒有所謂的救贖。輪迴，歷劫，重來，才是大自然的法則，沒有任何人可以超越這樣的規律。當黑暗從四面席地而來，唯詩是僅有的光。

本文原載《聯合文學》三五一期（二〇一四年一月）

快樂貧乏症患者

——《商禽詩全集》序

商禽的詩降臨在封閉的海島，為的是精確定義他的時代，他的家國，他的命運。如果語言緊鎖在唇腔，如果思想禁錮在頭腦，如果欲望壓抑在體內；靈魂找不到出口時，那種感覺是什麼？精神被綁架時，滋味又是什麼？商禽的詩行，顯然是要為這些問題給出答案。他的語言委婉、含蓄、謙遜，竟能夠使虛偽的歷史無法隱藏，也使扭曲的記憶無法遮蔽。

他的文學生涯橫跨半世紀，卻僅完成不到兩百首的詩作。對照多產的台灣詩壇，商禽可能是屬於歉收。但是他在美學上創造出來的縱深，往往引起無盡止的思索與探索。他困難的詩行裡，確實延伸著歧義的迷路；不過來回逡巡之後，畢竟還是有跡可循。在心靈不快樂的密林裡，絕對不可能存在著愉悅之旅的奢望。完成閱讀的跋涉之後，就不能不承認詩人擁有百分之百不快樂的權利。

商禽作品是屬於困難的詩，讀者不得其門而入時，遂訴諸種種方式來貼近。然而，各種理論、主義、口號、意識形態都難以抓住他的詩風，反而是他的詩藝回過頭來抓住所有的詮釋者。至少有兩種標籤習慣加在他作品之上：「散文詩」與「超

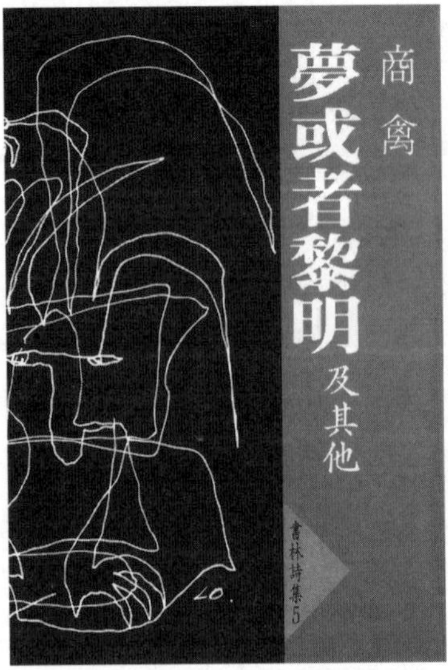

商禽，《夢或者黎明及其他》（台北：書林，1988）。

現實主義」；前者是指形式，後者是指內容。許多讀者寧可傾向於相信標籤，卻懶於閱讀他的詩。由於散文詩一詞的濫用，使得他的詩人身分變得非常可疑。也由於超現實主義一詞的惡用，使他的詩藝與詩觀常常引來誤解。百口莫辯之餘，商禽只能選擇沉默以對。不過，他也有不得已而言的時候，必須為自己的詩表示態度。他認為自己的創作是以散文寫詩，而不是寫散文詩；重點在詩，與散文無關。同樣的，他也拒絕超現實主義的封號。對自己的詩觀他頗具信心，堅稱超現實的「超」，應該解讀為「更」。與其說他的詩是超現實，倒不如說是更現實。以現在年輕世代的流行用語「超帥」、「超遜」來解讀的話，商禽詩的「超現實」，正是極其現實。英文的 surrealism 並不能確切界定商禽，也許以 more realistic 或者 extremely realistic 來定義他，庶幾近之。

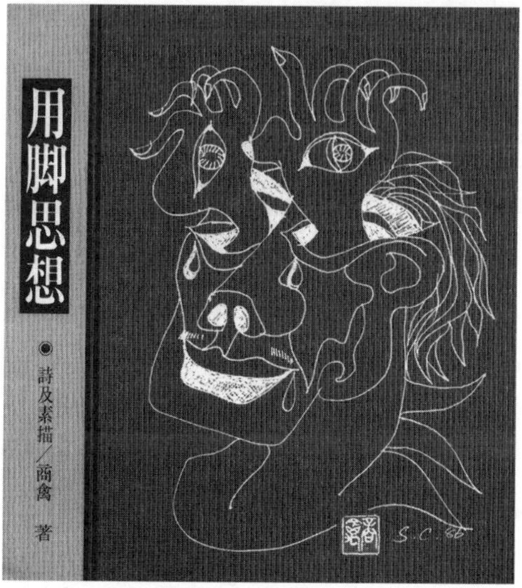

商禽，《用腳思想》（台北：漢光文化，1988）。

在他的時代，商禽當然不是寫實主義者，但是他的詩是內在心靈的真實寫照，寫出他在政治現實中的悲傷、孤獨、漂流。沒有那樣的客觀環境，就沒有那樣的情緒流動；正是有他這種沉重情緒在詩中渲染，才真切對照出他的時代之幽暗與閉鎖。坊間論者酷嗜彰顯他詩中的突兀意象與險奇語言，遂率爾宣稱他是超現實主義者，卻未嘗注意他的詩與當時歷史情境、現實條件之間的密切牽扯。就像那個年代大多數現代主義運動中的創作者，都必須訴諸語言的變革，才能真正到達被扭曲、被綁架的靈魂深處。詩人在緊鎖的空間裡釀造詩，是為了尋求精神逃逸的途徑。他留下的詩，毋寧是奔逃的蹤跡，循著他迤邐的腳印，似乎可以溯回那久遠的、遺佚的歷史現場。

重新回到不快樂的年代，等於是回到身體與心靈同樣受到羈押的絕望時期。在絕望的深淵，詩人釋出他內心痛苦的願望：

> 在失血的天空中，一隻雀鳥也沒有。相互倚靠而抖顫着的，工作過仍要工作，殺戮過終於也要被殺戮的，無辜的手啊，現在，我將你們高舉，我是多麼想——如同放掉一對傷癒的雀鳥一樣——將你們從我雙臂釋放啊！
>
> ——〈鴿子〉

飛躍的想像在這首詩中非常鮮明，一雙手竟轉化為一對鴿子。整首詩集中在鴿子意象的營造，畢竟這樣的禽鳥既接近人間，又富有自由翱翔的暗示。從鴿子跳接到雙手，又從雙手聯繫到生活中的工作與殺戮，隱隱指向政治環境制約下人的宿命。詩中的天空與曠野，幾乎就是自由空間的隱喻。擊掌的雙手，帶有一種抗議，也挾有一種欲望，在於試探天空與曠野之遼夐。當天空失血，曠野寂寥，沒有任何禽鳥飛翔時，現實世界的鬱悶與仄狹便強烈反襯出來。

一九六〇年代前後完成的〈鴿子〉，是商禽心理狀態的最佳投射，也是現代詩運動中頗受矚目的經典作品。詩中雙手與鴿子反覆進行的辯證，無非是要反映身體牢籠與心靈解放之間交互糾葛的困境，頗具戲劇效果。舞台上肢體語言的演出特別緩慢，詩的節奏也隨著舒緩展開。在廣邈的天空下，渺小人物受困於工作與殺戮的命運。不能掙脫的雙手，被殘酷的現實綑綁，猶鴿子之無法飛出囚籠，全然陷於焦慮與絕望。歷史條件是如此嚴苛，更能彰顯詩中嚮往自由的欲望。這首詩以高舉雙臂時，舞台上簡直是矗立著一個抗議的姿態；天空有多大，抗議的身影就拉得有多長。

囚禁意象貫穿在商禽早期的詩行裡。加諸於肉體的囚禁，可能來自政治，來自道德，來自傳統，但他的詩從未有清楚交代。當開放的年代還未降臨，各種無形的權力干涉到處皆是。羈留異域而被鄉愁纏繞時，流亡的身軀與逃亡的欲望都凝結成詩行文字。嘗盡流刑滋味的凌遲，商禽寫下饒有反諷意味的〈長頸鹿〉。眺望著回不去的故鄉，以及忍受著挽不回的歲月，流亡者都無可避免淪為時間的囚犯。這首詩的自我觀照，流露出無可言喻的淒涼與悲愴：

那個年輕的獄卒發覺囚犯們每次體格檢查時身長的逐月增加都是在脖子之后，他報告典獄長說：「長官，窗子太高了！」而他得到的回答卻是：「不，他們瞻望歲月。」

——〈長頸鹿〉

散文形式的書寫，竟然可以使每一個文字飽滿著詩的密度。複雜的情緒，潛在的不滿，都壓縮在篇幅有限的文字裡，彷彿只是冷漠描述著一群被時間遺棄的流亡生命。以伸長的頸子暗喻翹首眺望，一如長頸鹿對外在世界的尋求，受到監禁的囚犯，豈止瞻望歲月而已，他們的鄉愁，以及對自由、對解放的渴望，相當傳神地反映詩人在錯誤時間、錯誤空間的處境。商禽從未訴諸憤怒的煽情的文字，他寧可使用疏離的、近乎絕情的方式看待自己的生命。

即使觸及憤怒的情感，他的詩也還是持續釀造悲涼的心境：

憤怒昇起來的日午，我凝視着牆上的滅火機。一個小孩走來對我說：「看哪！你的眼睛裏有兩個滅火機。」為了這無邪告白；捧着他的雙頰，我不禁哭了。

——〈滅火機〉

這種高度象徵的手法，足供窺探那個年代的自我壓抑有多強烈。內心情緒的憤怒與外在的滅火機相互銜接，使抽象感覺與具象物體彼此對應，造成一種自我消解的效果。體內燒起的憤怒烈焰，全然得不到紓解的出口。無法釋放之餘，只能祕密地暗自消化。詩人的消化方式，便是依賴壓抑與再壓抑。詩中的滅火機絕不可能達到撲滅的作用。然則，詩人的眼中浮映出滅火機時，他的內心正處在不斷克制的過程。透過小孩誠實的告白，更加凸顯出詩人內心自我壓抑的考驗。小孩在詩中的出現，是為了說出詩人真實的感覺。在一個甚至是憤怒都無法稀釋的年代，生命的悲哀是多麼深沉。

很少有詩人像商禽那樣，不斷回到監禁與釋放的主題反覆經營。這樣的主題往往在不同的詩作獲得印證，例如〈夢或者黎明〉與〈門或者天空〉。夢是自由，黎明是干涉；門是監禁，天空是釋放。商禽傾向於鍛造特殊的意象，以最簡潔的文字繁殖出豐饒的意義。

〈夢或者黎明〉呈現各種不同形式的航行與飛行，無論夢境有多荒謬，凡屬自由的旅行都可得到容許，直到黎明的來臨。只有在現實世界裡，凡與自由相關的行為都遭到禁止。整首詩的發展過程中，詩人總是刻意插入一句內心的語言：

（請勿將頭手伸出窗外）

這是當時小市民乘坐公共汽車時耳熟能詳的車內標語，詩人拿來挪用在詩行之間，造成某種警告的效果。為了防止事故成意外的一則標語，在詩裡竟產生禁止的意味：頭是思考，手是行動，任何逾越的思考與行動都要受到監視。這首詩頗具歧義的暗示，在現實中的行動都會引來干涉；唯一能夠享有自由的地方，便是停留在夢中。從黎明到夢之間的距離究竟有多寬？似乎只能依賴自由的尺度來測量。

〈門或者天空〉也是以兩種悖反的意象來對比，門是狹窄的出口，天空則是無限空間的象徵。這首詩也同樣是以劇場演出的方式，暗示生命的有限與無限。人酷嗜創造各種門的意象，包括城堡、圍牆、護城河、鐵絲網、屋頂，使生命壓縮在最小的空間。愈沒有安全感的人，愈需要城牆來保護。由於創造了窄門，人從此便失去了天空。商禽在詩中如此描繪人的本色：

……這個無監守的被囚禁者推開一扇由他手造的祇有門框的僅僅是的門

——〈門或者天空〉

即使沒有受到監守，人也本能地創造門框自我囚禁。門的概念，似乎是人與生俱來的原罪，終身被罰在門框內外走進走出。直至看見天空之前，進進出出的卑微生命注定要承受門的懲罰。這場戲劇的演出，近乎詩意，更近乎哲學。詩人刻意把確切的時間、地點、人物從敘事中抽離出來，是為了使詩的意義能夠全面照顧到他親身經驗的生命困境。凡是與他同時走過那樣歷史的朋輩，當可理解門與天空的象徵意義。

商禽體會得比任何人還來得深刻，是因為他在軍伍生涯中嘗盡過多、過剩的痛苦滋味。生活的不堪，使他不能不去追尋人格尊嚴的意義。他寫下的每首詩，不僅為自己受辱的肉體釋出無比的抗議，也是對他的時代表達強悍的批判。其中最值得注意的一首詩是〈醒〉，毫無遮攔地說出他千瘡百孔的遭遇，留下一幅令人觸目驚心的畫面：

他們把齒輪塞入我的口中
他們用集光燈照射著我
他們躲在暗處
他們用老鼠眼睛監視著我
他們記錄我輾轉的身軀

——〈醒〉

他們是誰？詩中並沒有明白交代。然而，穿越過戒嚴時期的流亡者，都能夠感知他們的存在。他們是一種體制，是一種權力，是一種壓迫，相當公平地降臨在無助的身軀。這首詩的結構，前段是以分行的形式表現，後段則是回到散文的形式寫詩。前者是傲慢權力的氾濫，後者是脆弱身體的抵禦。面對著看不見的暴力，詩人選擇以魂魄出竅的策略來護衛自己的肉體。他的魂魄看到自己被折磨得不成人形的身軀時，確實感到錯愕，但並沒有被嚇阻。這首散文詩以相當冗長、曲折的句法來形容自己臭皮囊的肉體，並且以花香般的魂魄給予擁抱。這是商禽寫出最傷心也最勇敢的一首詩。詩中受盡屈辱的肉體，竟是如此難以想像：

……自己的魂魄，飄過去，打窗外沁入的花香那樣，飄過去把這：廝守了將近四十年的，童工的，流浪漢的，逃學時一同把快樂掛在樹稍上「風來吧，風來吧！」的；開小差時同把驚恐提在勒破了腳跟的新草鞋，同滑倒，同起來，忍住淚，不呼痛的！也戀愛過的；恨的時候，沉默，用拳頭擊風，打自己手掌的；這差一點便兵此一生的；這正散發著多麼熟習的夢魘之汗的，臭皮囊，深深地擁抱。

——〈醒〉

看似非常複雜難懂的散文，其實是一個簡單的句型：「自己的魂魄飄過去，把這……臭皮囊深深地擁抱。」在臭皮囊之前加掛了許多形容詞，正是為了襯托自己的頭腦有多清醒。縱然受盡了無窮的暴力，縱然軀體已不成人形，他仍然維持著潔淨的靈魂。清醒的魂魄擁抱受辱的肉體，是一種自我救贖的姿態。他的記憶鮮明保留著生命中各種試煉的經驗，從童工到流浪漢，從逃學到「兵此一生」的生命階段，無非都在造就他孤傲的人格。

完成這首詩的商禽，等於是正式宣告他絕非是超現實主義者。粗礪的、殘忍的現實，並不可能溫情地容許他享有超現實的空間。他訴諸繁瑣的、迂迴的句式，絕對沒有任何餘裕要建構超現實的美學。恰恰相反，他為的是要更精確把醜陋的、不堪入目的現實揭露出來，也要把受到折磨的、無法負荷痛苦的人生具體呈露出來。

歲月，季節，年齡，時代的意象，在商禽詩作中隨處俯拾可得。他對時間特別執著，只因覺悟那是永遠無法掌握占有。空間如城市，地景，故鄉，都還有回歸或重逢的機會；唯時間失去之後，便永遠失去。詩人的痛苦與焦慮，完全源自於此。

終其一生，商禽總是強烈感受到時代的遺棄與遺忘。他勇於承接時間挾帶而來的無比重量，他肩負的使命便是以詩抵禦時間無盡無止的侵蝕。他的漂泊之軀，被拋擲在極速消逝的時間洪流；如果沒有詩，生命還留什麼意義？

如果說他的詩是由時間釀造過來，亦不為過。如酒那般釀造，詩中有淚，淚中有詩。在逃亡的歲月裡，他會使用這樣的句法：「其實你是一隻現役的狗」以不堪的字眼自況，當然寓有一種壓制不住的傷悲。但是，這樣現役的狗，有他內心的另一種想法。

> 等晚上吧，我將逃亡，沿拾薪者的小徑，上到山頂；這裏的夜好自私，連半片西瓜皮都沒有；卻用我不曾流出的淚，將香檳酒色的星子們擊得粉碎。
>
> ——〈海拔以上的情感〉

在時代的牢籠裡，他從未放棄逃亡的意念。往山頂上持續逃亡，是因為那裡最接近天空。被貶謫在人間的現役狗，在白天必須聽從使喚。只有在夜間，才可以享有內心自由的空間。現實的囚禁，並不能使他的靈魂就範。對天空的仰望，無非是對自由、對開放的嚮往。當他面對沒有月亮的黑夜，蓄積在內心的悲痛，終致淚盈滿眶。「用我不曾流出的淚，將香檳酒色的星子們擊碎」，是一種倒置型的句式。不曾流出的淚，反襯其內在苦悶蓄積已久的實況。就像釀酒一樣，奪出的淚是經過多少時光的凝聚。香檳酒用來形容星子，其實是間接指涉眼淚。漫漶的淚模糊了星光，詩中竟以「擊碎」來形容，暗示了悲痛與鬱憤有多強烈。

商禽詩藝之令人著迷，並非在於字義的鍛鍊，而是在文字背後以一種深沉的感覺來支撐。進入他迷宮式的精神結構，當可發現他靈魂內部的甬道裡容許讀者旁敲側擊。他另外一首充滿酒味的詩作：〈秋〉，同樣在表現作為囚徒的心情。這首詩令人偏愛，愛到心痛不止。當生命受到時間與空間的雙重箝制，他再度訴諸酒的意象。〈秋〉這首詩，富有濃烈的時間感，第一節如下：

忽然，這些有號碼的屋宇
再一次浸在清酒般的澄明中
假日的營區闃啞一如庭院
啊，劫後的宮闈
俯伏於辦公桌上的
我是唯一的被害者

這是典型軍旅生活的寫照。即使在假日，他可能是奉命留守。每一排編號的軍舍，鎖在闃啞的情境中，他單獨一人環顧營區，既像庭院，又像宮闈，彷彿他擁有貴族般的靈魂。他受劫，其實是受到酒精的滲透。留守營區，絕非出於他的自願。「我是唯一的受害者」，帶有一種自我嘲弄，卻又透露一種無可奈何的情緒。

〈秋〉的第二節，把詩人的情緒帶到另一頂峰：

韓信化石有隻眼該是睜著的
祇閉了一隻眼　我還沒有死透
除非你肯將這穿胸的利器
拔出
好狠！這特級高梁一般的匕首

可以讓一首悲憤的詩滲入他的幽默，正是商禽詩藝的高明之處。當他看見營區「再一次浸在清酒般的澄明中」，已經暗示他留守在辦公室飲酒。喝到半醉時，才有「韓信化石」的隱喻出現。忠臣韓信一片赤心，卻遭到劉邦的猜忌，以致受害。以韓信的人格自喻，恰如其分地表現一位當年現役軍人的心境。在半醉半醒之際，在酒精的浸蝕下，他已無法自持。烈酒入肚，商禽卻說成是穿胸利器，這是非常傳神的描寫。無法催醒的狀態，是他對抗時間的僅有狀態。以麻醉自我的方式避開時代的沉淪。「這特級高梁一般的匕首」，既喻酒精，又喻其昏沉情境，是無可極救的靈魂。

然而，真正的凶手並非清酒，也非高粱酒，而是季節嬗遞所帶來的摧殘與傷害。全詩在第三節臻於高潮：

好陰毒！你這宇宙的刺客
快四十了　還來窺探我
一年一度地　總是穿窗而出
來時揭起的那幃幔　啊
如今已是藍布窗帘了
怎麼還不將它放下……

藉酒澆愁，如果是一種逃避方式，則時間輪替竟是完全無可迴避。飲酒自我麻醉，可能對生命是傷害，但真正的傷害卻來自年齡、歲月、季節。秋之降臨，猶宇宙的刺客，說來就來，說去就去，無法預防。商禽詩句帶著自嘲，近乎幽默，卻是彰顯漂泊身軀最為入骨的一種手法。在時間洪流中翻滾，思故鄉之日遠，思生命之日短。每當秋日到來，愁緒更加濃郁。刺客入窗，是定期的傷害，揭起幃幔的人絕對不是季節的刺客，卻是詩人對遠天的凝望；無涯的藍天，豈不就是流亡歲月遙遙無盡的暗示？

商禽畢生的詩作中，出現許多「淚」與「酒」的意象。兩者是完全歧異的性質，卻都需要經過釀造。淚是抑鬱情緒的一種釋放，酒則是對愁緒的一種麻醉，那是對無情歲月的報復手段，也是對坎坷命運的無以自遣：

閃爍的星被裊裊的酒香醺得搖搖欲墜
而躺在草地上那漢子正吟唱著
醉臥沙場君莫哈哈哈……

——〈搖搖欲醉的星星〉

類似這樣的表現手法，果真是醉臥沙場？「搖搖欲墜」與「搖搖欲醉」的諧音，並不純然是指星星。在大地上無所依歸的流亡魂魄，正是以欲墜的速度與時間相偕俱亡。那種悲傷一如下面三行的詩句：

酒后的老天，
請將你睡前的悲憤為我洗手
請將我手在你眩暈之中埋葬

——〈逢單日的夜歌·一〉

或者，像這樣的語法：

請喝我。我已經釀成；
你的太陽曾環繞我數萬遍
病過。我已沐過無數死者之目光。
——〈逢單日的夜歌．二〉

酒與淚構成他流亡或逃亡生涯的基調，都同樣釋出他內心的抑鬱與抗議。「酒後的老天」與「我已經釀成」，前者醉過，後者淚過，只因在冗長的漂流時光中接觸太多的死亡。沒有什麼能夠拯救他，唯詩能夠使他得到救贖。從蒼白的一九六〇年代開始寫詩，商禽的生產力其實不旺。但是，只要留下詩行，他就為自己的生命建立據點。詩作是那樣少，每下筆卻都成為經典。他惜字如金，惜詩如命，在最簡練的句式中創造了最大的想像空間。收容他的海島是何等窄仄，卻因為有詩，生命反而變成無限。

他的散文詩，有人指出其形式是師承魯迅。如果兩位作者相互比並，就可發現毫不相干。魯迅從來不會嘗試壓縮、曲折、暗示的語法，他寫下的文字都被視為投槍與匕首，那種極富人間性的身段，充滿激進批判的姿態，正好與商禽的風格背道而馳。商禽的詩不是匕首，而是被匕首所傷害。在他詩中的匕首是烈酒，是時間，是漂泊。他寧可選擇迂迴、幽微的嘲弄，他從不直接干涉、批判社會現實。商禽以他一生詩作的總和，對流亡歲月提出無窮盡的抗議。他的聲音必須細細傾聽，才能接收到隱隱憤怒的信息。必須進入一九八〇年代台灣社會從威權牢籠釋放後，商禽的詩藝才益顯重要。

沒有詩，他就找不到逃亡的天空；沒有詩，他就無法解纜自錯誤時代的羈絆。他終於從海島離去時，再也不會有任何傷害繼續成為傷害。詩拯救了他，從漂泊，從囚牢，從羞辱，徹底拯救了他。唯時間無法救贖，小小的海島只能眼睜睜看著他揚長而去。

然而，商禽也並不如此耽溺於複雜的句法。在抒情時刻，他也有溫婉的詩句，讀來令人心痛：

昨晚簷角風鈴的鳴響
分明是你叮噹的環珮
別以為我不知道有人夜訪
院落裡的殘雪仍留有餘香

——〈近鄉〉

漂泊到台灣的詩人，負載著不為人知的濃郁鄉愁。當他旅行到韓國遇見雪景時，情不自禁勾起他的懷鄉之情。商禽從來不會直接以濫情的手法尋找感覺，而是以逃避個人情緒的策略予以過濾，終於到達昇華。雪落下時其實是毫無聲息，如果發出任何音響，那一定是屬於鄉愁。記憶中故鄉的雪，與異鄉的雪，蒙太奇那般重疊在一起，自然而然牽動他脆弱的情感。近鄉情怯的雪，是女性化的雪。他的詩彷彿若無其事，但實際上已刺痛他記憶的傷口。叮噹的環珮，殘雪的餘香，召喚他生命中早已沉埋的情愛。

鄉愁是另一種變相的囚禁，故鄉的親情、友情、愛情都完全被切斷成隔絕狀態。咀嚼自己的鄉愁時，商禽又再次使用逃避情緒的方式，使沉重的悲哀沉澱下來。在〈五官素描〉的組詩中，他分別描寫了嘴巴、眉毛、鼻子、眼睛、耳朵。淡淡的素筆，精練地點出五官在生命中的意涵。〈眼〉這首詩正是指向無以排遣的鄉愁：

一對相戀的魚
尾巴要在四十歲以后才出現

中間隔著一道鼻梁
（有如我和我的家人
中間隔著一條海峽）
這一輩子是無法相見的了

偶爾
也會混在一起
祇是在夢中他們的淚

——〈眼〉

兩隻眼睛，轉喻為一對相戀的魚，再轉喻為無法相見的家人。環環相扣的想像，看似突兀，卻有內在的邏輯彼此貫穿。三個意象的共同思維，都是圍繞在相戀而無法相見的主題，從而以夢中之淚予以串起。整首詩的結構與推理，都臻於無懈可擊。商禽的巧思，於此得到印證。他的詩並沒有那麼難懂，他的鄉愁則令人無法承受。

商禽對語言文字的掌控，近乎苛求。幾乎每一詩行，都具體反映現實中的困境，〈用腳思想〉便是其中極致的一首：

找不到腳　在地上
在天上　找不到頭
我們用頭行走　我們用腳思想
虹　垃圾

是虛無的橋　是紛亂的命題
　　雲　陷阱
是飄渺的路　是預設的結論
　在天上　找不到頭
找不到腳　在地上
我們用頭行走　我們用腳思想。
　　——〈用腳思想〉

這首詩是由兩首合成，但是上下各自發展的詩，也可以貫穿成為一首。分別閱讀時，兩組不同的意象存在著，亦即頭與腳，天上與地上。如果頭是隱喻思考，腳是代表實踐，則思考應該可以天馬行空，而實踐則必須腳踏實地。商禽見證的社會現實，卻是天地顛倒。實踐者不用思考，而思考者無需實踐。在必須實踐的地上，

商禽，《商禽詩全集》（臺北縣中和市：INK印刻文學，2008）。

竟然找不到頭；而在需要思想的天上，竟然找不到腳。頭腦所面對的，是虹那樣虛無的橋，以及雲那樣飄緲的路。雙腳所踐踏的土地，則是紛亂命題般的垃圾，以及預設結論般的陷阱。這首詩可以視為知行合一哲學的歧義演出，顯然是在諷刺他這輩子在台灣所目睹的怪現狀。在價值混亂的歷史，在怯於實踐的時代，他看到的是用頭行走、用腳思想的荒謬人物。如果說，這首詩在於總結他一生的真實體驗，則長年來他忍受的殘酷體制與屈辱人生，無疑是最大的悲劇。

在現代詩運動中，商禽可能是受到最多誤解的詩人。當他被押著去接受無情現實所製造的暴力之際，他只能選擇使用迂迴的文字攜著自己的靈魂逃亡。逃亡的天空常常在詩中出現，並不意味著他脫離現實，更不意味著他屬於超現實。他的生命已經無路可退，僅有詩提供了他逃亡的途徑。他的詩是探照燈，一如他注視現實的眼睛，往往揭露黑暗的世界。他的文字極其誠實，使人生中的醜陋與卑賤完全無法遁逃。他的散文詩，根本不存在散文的成分。任何閃神或輕忽的閱讀，常常會錯失他詩中關鍵的風景。要貼近商禽的世界，絕對不能依賴理論。時髦的理論，總是毫不爽約地把讀者帶離商禽的時代，當然也就不可進入他的詩。

商禽是二十世紀悲傷至極的詩人，在詩行中他想像了無數的逃亡，卻未嘗須臾逃離凌遲他肉體的土地。當他這樣自問：「是不是我自己缺乏了對於『快樂』的想像力呢？」這個時代，這個家國，已徹底剝奪他享有一絲快樂的權利了。《商禽詩全集》以較為完整的形式問世時，一塊莊嚴的歷史碑石已巍然豎立，將陰影投射在絕情、無情、寡情的牢獄。

本文原載《創世紀詩雜誌》一五九期（二〇〇九年六月）；後收入商禽，《商禽詩全集》（台北縣中和市：INK印刻文學，二〇〇九）。

台灣與東亞

美與殉美

2015年4月初版　　定價：新臺幣350元

著　者　陳芳明
發行人　林載爵

叢書主編　胡金倫
校　對　吳淑芳
封面設計　沈佳德

出版者　聯經出版事業股份有限公司
地址　台北市基隆路一段180號4樓
編輯部地址　台北市基隆路一段180號4樓
叢書主編電話　(02)87876242轉203
台北聯經書房　台北市新生南路三段94號
電話　(02)23620308
台中分公司　台中市北區崇德路一段198號
暨門市電話：　(04)22312023
台中電子信箱　e-mail：linking2@ms42.hinet.net
郵政劃撥帳戶第0100559-3號
郵撥電話　(02)23620308
印刷者　世和印製企業有限公司
總經銷　聯合發行股份有限公司
發行所　新北市新店區寶橋路235巷6弄6號2樓
電話　(02)29178022

行政院新聞局出版事業登記證局版臺業字第0130號

本書如有缺頁，破損，倒裝請寄回台北聯經書房更換。　ISBN　978-957-08-4540-2 (平裝)
聯經網址：www.linkingbooks.com.tw
電子信箱：linking@udngroup.com

本書圖片來源感謝舊香居、陳大為、陳逸華、陳芳明提供。

國家圖書館出版品預行編目資料

美與殉美/陳芳明著．初版．臺北市．聯經．2015年4月（民104年）．320面．14.8×21公分（台灣與東亞）
ISBN　978-957-08-4540-2（平裝）

1.台灣詩　2.新詩　3.詩評

863.21　　104003460